소드마스터 힐러님

침략자 퓨전 판타지 장편소설

WISHBOOKS FUSION FANTASY STORY

쇼드마스터 힐러님 7

침략자 퓨전 판타지 장편소설

초판 1쇄 찍은 날 | 2019년 7월 12일
초판 1쇄 펴낸 날 | 2019년 7월 19일

지은이 | 침략자
펴낸이 | 예경원

기획 | 위시북스
편집책임 | 이규재
편집 | 위시북스

펴낸곳 | 예원북스
등록번호 | 제396-2012-000132호
등록일자 | 2012. 7. 25
KFN | 제1-440호

주소 | 경기도 고양시 일산동구 호수로 646-24 위너스21II빌딩 206A호 (우)10401
전화 | 031-819-9431 팩스 | 031-817-9432
E-mail | yewonbooks@naver.com

ISBN 979-11-6424-589-5 04810
　　　979-11-6424-130-9(set)

Wish Books
소드마스터 힐링님
7
침략자 퓨전 판타지 장편소설
WISHBOOKS FUSION FANTASY STORY

CONTENTS

1장
블러드 크리스마스

　래쉬와 붉은 도끼 부족을 주축으로 소수의 용족이 가담한 선봉군이 처참하게 패배했다. 이 소식은 종족 연합의 대회의 장에 먼저 전해졌다.

　"오크 대표께서는 자신만만하셨던 것 같은데…… 지금은 아니군요."

　뱀파이어 대표 리블하인은 오크 대표 헬로드를 보며 점잖게 이죽거렸다.

　종족 연합은 연합이라는 이름 아래에 하나로 뭉쳐 있기는 했지만 투쟁의 역사가 증명하듯 서로의 사이가 좋은 편은 아니었다. 특히 뱀파이어인 리블하인 같은 경우에는 스스로 고귀하다고 생각할 뿐만 아니라 오크나 트롤 같은 종족은 하등하다고 여겼다. 뱀파이어들의 이런 행실은 종족 연합 내부에서도 자주 문제가 되고는 했다.

"큭…… 뱀파이어 놈이……."

"참아야 합니다."

트롤 대표 쿠라에는 허리에 걸려 있는 손도끼로 향하는 헬로드의 오른팔을 붙잡았다.

그리고 차분한 목소리로 그를 말렸다.

"상대는 뱀파이어입니다. 명심하세요."

쿠라에의 말에 헬로드는 이를 악물었다. 현실의 벽 앞에 서게 되니까 화가 가라앉았다.

뱀파이어들은 최정예로 구성되어 있었다. 오크들보다 적은 숫자였지만 용족과 마찬가지로 '리빙 아머' 기술을 가지고 있기 때문에 크게 의미는 없었다.

'지금 우리가 뱀파이어와 대적하면 전멸한다.'

헬로드는 마른침을 삼켰다. 오크 특유의 호전적인 감정이 고개를 들었지만 억지로 찍어 눌렀다.

현실의 벽은 너무나 가혹했다. 지금 그에게 가장 중요한 것은 오크 종족의 번영이었다. 함부로 뱀파이어와 대적해서 전멸할 생각은 없었다.

"잘 생각하셨습니다. 오크 대표께서 참전하신다면 우리 트롤과 오우거 역시도 뜻을 함께했을 겁니다. 하지만 지금은 분열을 이야기할 때가 아닙니다."

쿠라에가 말했다.

뱀파이어가 다크 엘프, 그리고 용족을 주축으로 한 파벌을 유지하고 있는 것처럼 오크 또한 트롤, 그리고 오우거를 주축으로 파벌을 이루고 있었다.

그래서 오크가 뱀파이어와 전쟁을 일으킨다면 그것은 종족 연합의 내전으로 발전하게 될 것이 분명했다.

"이제 어떻게 하시겠습니까? 선봉대는 전멸했습니다."

엘프 대표, 나이아스가 아름다운 외모와는 대조되는 날카로운 목소리로 물었다. 책임을 추궁하는 듯했다.

그녀의 시선은 종족 연합의 수장이나 다름없는 리블하인 대공이 아니라 선봉대를 편성했던 오크 대족장 헬로드에게 향하고 있었다.

"용족이 조금만 더 지원해 줬다면 이런 일은 없었을 것이다."

헬로드는 엘프 대표 나이아스의 시선을 정면으로 받아내며 말했다.

그러자 이번에는 용족 대표인 로디엄이 앞으로 한 걸음 나오며 입을 열었다.

"오크 대표는 사실을 왜곡시키지 않았으면 한다. 그대가 지원이 필요 없다고 하지 않았나? 나는 분명 그렇게 기억하고 있다만."

로디엄은 말을 마치며 냉소를 머금었다.

이죽거리는 게 꼴보기 싫었지만 용족은 뱀파이어의 측근이었기 때문에 함부로 할 수 없었다.

"실수를 만회하겠다."

"당연히 그렇게 해야 하지 않겠나? 이대로 넘길 생각은 아니었겠지?"

"그만하세요. 용족 대표. 충분합니다."

리블하인이 말했다.

언뜻 보면 로디엄을 말리는 것처럼 보였지만 그의 입가에는 싸늘하다 못해 사악한 미소가 걸려 있었다. 점잖게 행동하지만 뱀파이어답게 뱀의 심장이었다.

"반드시 만회할 것이라 생각합니다. 제 생각이 맞지요? 오크 대표."

"걱정하지 마라. 이제 실수는 없을 것이다."

"오늘은 여기까지 하겠습니다."

리블하인은 회의의 끝을 선고했고 모두가 대회의장을 나섰다. 하지만 오크 대표 헬로드는 아주 오랫동안 대회의장에 남아 있었다.

대족장 헬로드가 복수의 칼날을 꺼내는 동안 성준은 길드원들과 함께 S급 던전의 공략을 끝내고 지상으로 올라가고 있었다.

성준이 가장 앞에서 계단을 올라가고 있었고 길드원들은 몇 걸음 뒤에서 뒤따라오고 있었다.

리슈발트는 주변을 한 차례 살피더니 성준의 옆으로 다가가 입을 열었다.

-동조율이 60%가 되었습니다.

S급 던전의 보스를 사냥하면서 동조율이 오른 모양이었다. 성준의 입가에 미소가 번졌다. 이번에는 어떤 검술의 사용이 가능해졌는지 궁금했다.

"달라진 건?"

성준은 리슈발트에게만 들릴 정도의 아주 작은 목소리로 물었다. 리슈발트는 차분한 표정으로 입을 열었다.

-주군은 신체 능력의 상승 외에는 변한 게 없습니다.

"그래……?"

기존 검술의 제한 해제나 새로운 검술의 등장을 기대했었기에 성준의 얼굴에 실망한 기색이 조금 깃들었다.

-하지만 제가 달라진 것 같습니다.

"설명을 부탁한다."

-주군의 마력을 소모하여 일시적이지만 '물리력'을 행사할

수 있게 된 것 같습니다.

리슈발트의 설명에 성준의 눈동자가 반짝였다.

"'검'도 쓸 수 있는 거야?"

많은 설명은 필요 없었다. '검'의 사용 여부가 가장 중요했다.

-조금 낯설지만 검을 다시 사용할 수 있을 것 같습니다.

"그걸로 충분해."

검을 사용해서 물리력을 행사할 수 있다는 것은 '참'할 수 있다는 것을 의미한다. 성준이 수세에 몰렸을 때 마력만 소모하면 리슈발트가 적이 전혀 예상하지 못한 곳에서 기습을 가할 수 있다.

어느새 지상에 도착했다.

성준은 리슈발트와의 대화를 멈췄다. 그리고 대기하고 있는 던전 관리국 직원에게 다가가서 던전 공략을 성공했다는 사실을 보고했다.

"S급 던전 공략을 확인했습니다."

"수고 많으셨습니다."

"강성준 헌터님? 잠깐만요."

직원의 다급한 목소리에 성준은 재촉하려던 발걸음을 멈췄다.

"무슨 일이죠?"

"김현성 팀장님이 연락 부탁드린다는 메시지를 남겼습니다."

"아…… 김 팀장님이요?"

"네."

"알겠습니다."

성준은 고개를 끄덕인 뒤, 직원과 멀어졌다.

현성이 연락을 부탁한다는 메시지를 남긴 이유는 짐작이 갔다. 아마 레이드 정산 때문일 것이다.

"최한석."

성준은 한석을 불렀다.

묵묵히 뒤따라 오고 있던 한석이 곁으로 다가오며 입을 열었다.

"부르셨습니까?"

그는 어느새 리슈발트 다음 가는 충직한 부관이 되어 있었다.

"길드원들이랑 같이 던전 관리국에 가서 마정석 매각하고 돌아가. 나는 헌터 관리국에 일이 있어서."

"알겠습니다."

두 관리국은 가까웠지만 주차장이 분리되어 있어서 귀찮았다. 한석은 고개를 끄덕인 뒤, 길드원들과 합류해서 성준의 말을 전했다.

"먼저 갈게."

성준은 길드원들에게 손을 흔들어 보였다.

헌터 세단 앞에서 현성에게 전화를 걸었다.

-네. 강성준 씨.

성준의 전화를 기다리고 있었던 것인지 현성은 곧바로 전화를 받았다.

"제 전화를 기다리고 있었나 봅니다."

-하하하. 들켜 버렸네요.

"레이드 정산 때문입니까?"

-네. 한소은 씨 근무 시간이 아니라서요.

현성이 대답했다.

소은은 성준의 담당자였지만 24시간 일할 수는 없는 노릇이었다. 그래서 그녀가 근무하지 않을 때는 현성이 성준의 일을 담당하고 있었다.

"헌터 관리국으로 가면 되지요?"

-네. 준비해 두겠습니다.

통화가 끝났다.

성준은 헌터 세단을 몰고 헌터 관리국으로 이동했다. 주차를 끝낸 그는 1층에서 현성과 합류했다. 그리고 그의 사무실로 올라갔다.

"준비는 다 끝났습니다. 강성준 씨는 이걸 검토하고 사인만 해주시면 됩니다."

성준은 현성에게서 받아든 서류를 검토했다. 이번 레이드 사태에 대한 정산 내역이었다.

"정산금은 5천억 원입니다. 하지만 정부에서 약속한 기본 추가 정산 30%에 MVP 선정으로 인한 30%……. 그리고 공대장 보정으로 10%가 추가되어서 총 8천 5백억 원을 정산받게 되었습니다. 다른 헌터님들은 레이드 상황보다 등급이 낮아서 불이익을 받으셨지만, 강성준 씨는 동급이라서 패널티가 없습니다."

현성이 설명을 덧붙였다. 자신의 등급보다 상위의 던전이나 레이드에 참가하는 헌터들은 1인분을 하지 못하기 때문에 정산에 불이익을 받는다.

"생각보다 적네요."

성준은 솔직하게 말했다. SS급 레이드 상황이라서 최종 정산금이 1조가 넘을 줄 알았다. 현성은 희미한 미소를 머금은 채 입을 열었다.

"차원 관문이 워낙 많이 열려서 SS급 판정을 받은 것 같습니다. 사실 출현한 마물들의 수준은 강성준 씨의 담당 구역을 제외하면 그렇게 높지 않았어요."

"그렇습니까?"

성준의 물음에 현성은 고개를 끄덕였다.

종족 연합의 군대가 움직였다고는 하지만 그래도 대부분이 오크인 탓에 전체적인 수준은 높지 않았던 모양이었다. 이른바 반쪽짜리 SS급 레이드였던 셈이었다.

"제대로 된 SS급 레이드가 발생했다면 서울시의 반이 날아갔을 겁니다."

현성은 심각한 표정으로 말했다.

대한민국은 SS급 헌터는 성준밖에 없기 때문에 그가 없는 곳에서 SS급 레이드 상황이 발생한다면 대참사가 벌어질 게 분명했다.

"물론 이번 레이드 상황도 강성준 씨가 없었다면 큰 피해를 입었을 겁니다. 가장 강력한 마물들이 쏟아져 나왔던 차원 관문을 강성준 씨가 처리해 주셨으니까요."

"운이 좋았습니다."

"레이드 상황실에서는 이번 레이드로 인해서 최소 서울의 3분의 1이 날아갈지도 모른다고 예상했었습니다. 그리고 강성준 씨가 그걸 막으셨죠."

SS급에 어울리는 주력군이 상륙했던 차원 관문 근처에 성준이 있었던 것은 대한민국에 있어서 큰 행운이었다.

"저도 서울에서 가족들과 함께 살고 있습니다. 격전지가 대규모로 확산되었다면 어떤 일이 벌어졌을지 생각만 해도 끔찍합니다."

안경 너머로 보이는 현성의 눈동자에 물기가 어린 것 같았다. 듣고 있던 성준은 말없이 고개를 끄덕였다.

현성은 곧 진정했고 정산 입금 절차를 진행했다.

"입금했습니다. 확인해 보시죠."

"확인했습니다. 수고 많았습니다."

성준이 최종 확인을 하는 것으로 정산 입금 절차가 끝났다. 큰 금액이 이동하는 일이었지만 절차는 길지 않았다.

현성과 헤어진 성준은 청룡 그룹으로 찾아가 1층에서 설아에게 전화를 걸었다.

-지금 내려갈게요.

설아의 목소리가 밝았다. 미리 약속을 잡은 것은 아니었지만 성준이 자신을 먼저 찾아주었다는 사실에 그녀는 시간을 낼 수 있었다.

사소한 일상 이야기로 30분 정도를 보낸 뒤, 성준은 저택으로 돌아갔다. 그리고 B동으로 가서 정철을 만났다.

"파티 준비는 어떻습니까?"

성준이 물었다.

장소 제공 등의 공식적인 일은 설아가 맡았지만 여러 비공식적인 일은 정철이 진행하고 있었다.

"길드장님이 파티를 연다는 정보를 여기저기 흘렸습니다. 벌써 반응이 오고 있어요."

"빠르네요."

"참석을 원하는 분들 대부분 정, 재계의 고위층입니다."

SS급 헌터인 성준의 영향력이 얼마나 대단한지 알 수 있는 대답이었다.

"명단 정리해서 저한테 보내주세요."

"알겠습니다."

정철은 고개를 끄덕였다.

그날 저녁 성준은 정철이 제출한 명단에서 최종적으로 초대할 사람들을 뽑았다. 모두 빛과 어둠에서 대한민국을 움직이는 권력자들이었다.

그리고 마침내 파티 당일이 되었다.

크리스마스 파티 당일.

청룡 호텔에는 평소보다 많은 인파가 몰렸다. 비밀리에 소문을 접한 기자들이 대부분이었다. 일단 몰리기는 했지만, 성준이 추가로 고용한 경호원들이 주변을 통제했기 때문에 연회장으로 들어가지는 못했다. 참석자들이 워낙 거물들이라서 안전에 신경 쓸 수밖에 없었다.

"강성준 헌터는 언제 오는 거지?"

"이제 파티가 시작될 텐데……?"

주차장에서 성준을 기다리고 있던 기자들의 대화였다. 성준이 차에서 내리면 질문이라도 던져 볼 생각이었다.

하지만 그들의 기대와는 다르게 성준은 헬기를 타고 청룡 호텔 옥상에 착륙하는 중이었다. 한석이 타고 다니는 것을 보고 충동 구매한 헬기였다.

"이쪽입니다."

성준이 헬기에서 내리자 착륙장에서 대기하고 있던 호텔 직원이 연회장으로 가는 길을 안내했다. 참석자 대부분이 연회장에서 성준을 기다리고 있었다.

문이 열리고 성준이 안으로 들어서자 모두의 시선이 집중되었다.

"SS급 헌터 강성준이야."

"실물이 더 잘생긴 것 같아."

성준은 연회장의 중앙으로 걸어가는 동안 사람들이 자신에 관해 이야기하는 것을 들을 수 있었다.

그들은 작은 목소리로 이야기하고 있었지만, SS급 헌터의 청각이 얼마나 우수한지 모르는 모양이었다. 뒷담화라고 하기에는 칭찬 일색이었기 때문에 성준은 그저 미소를 지을 뿐이었다.

성준이 연회장의 중앙에 도달할 때까지 그 누구도 먼저 말을 걸지 않았다. 대한민국 최초이자 유일이라는 SS급 헌터의 타이틀 탓에 쉽게 접근할 수 없었던 것이었다.

"강성준 씨. 오랜만입니다."

중앙에 도달하자 누군가 먼저 말을 걸어왔다. 익숙한 목소리가 들리는 방향으로 고개를 돌리니 그곳에 대한민국의 대통령이 서 있었다.

성준과 안면이 있기도 하고 자신의 위치가 높아서 먼저 말을 걸 수 있었던 것이었다.

"아…… 대통령님이시군요."

"이번 레이드 상황에서 주력 차원 관문을 파괴하셨다고 들었습니다. 강성준 씨가 서울을, 아니, 대한민국을 구한 것이나 마찬가지입니다."

"해야 할 일을 했을 뿐입니다."

성준의 대답에 대통령은 입가에 희미한 미소를 머금었다. 성준은 대통령을 수행하고 있는 남자에게 시선을 옮겼다.

'손영진.'

정장을 갖춰 입은 점잖아 보이는 남자는 보건복지부 장관이었다. 서국에서 개발한 신약의 동물 실험 문제 때문에 그와 대화를 나눌 시간이 필요했다.

성준의 시선을 눈치챈 것인지 대통령은 주변을 살피더니 차분한 표정으로 입을 열었다.

"손영진 장관에게 용건이 있는 모양이군요."

"물어볼 게 있어서요."

성준은 부정하지 않았다.

그러자 대통령은 미소를 지어 보였다.

"오늘은 강성준 씨한테 손영진 장관을 양보해야겠습니다. 자네…… 괜찮겠지?"

대통령은 영진을 보며 물었다.

"저는 괜찮습니다."

영진이 대답했다. 그 모습을 보며 성준은 미소를 지었다.

보건복지부 장관 손영진은 대통령의 측근으로 유명했다. 그리고 대통령과 사이는 나쁜 편이 아니니 대화는 긍정적인 방향으로 흘러갈 것이라고 생각되었다.

"그럼 저는 이만."

대통령은 미소를 지으며 경호원들과 함께 자리를 비켜주었다. 성준은 주변을 살폈다. 사람들이 너무 많았다.

이윽고 그는 영진을 보며 입을 열었다.

"조용한 곳으로 갈까요?"

"심각한 내용입니까?"

"심각한 건 아니지만 다른 사람들이 들어서 좋을 게 없을 것 같아서요."

"알겠습니다."

영진은 고개를 끄덕였다. 성준의 말에 숨겨진 의미를 이해한 것이었다. 여기는 다른 사람들의 시선이 너무 많았다.

"이쪽으로 오세요."

성준은 연회장에 붙어 있는 대기실로 영진을 데려갔다. 내부에는 탁자와 의자가 마련되어 있었다. 호텔 직원이 간단한 술과 안주를 탁자 위에 올려놓고는 대기실을 떠났다.

성준은 술을 한 모금 마시면서 서국 신약개발연구소가 처한 상황을 설명했다. 영진은 진지한 표정으로 경청했다.

"동물 실험 허가가 필요하다는 말씀이시죠?"

상황 설명을 했을 뿐 요청은 아직 하지 않았지만 영진은 성준이 원하는 것을 콕 집었다.

성준이 대답 대신 고개를 끄덕이자 영진은 머릿속으로 계산을 시작했다. 하지만 그는 곧 고개를 저었다.

SS급 헌터를 대상으로 줄타기를 하는 건 무리수였다. 어중간하게 간을 보는 것보다 성준이 원하는 것을 들어주고 호감을 사는 게 낫다고 판단한 것이다.

"동물 실험 정도라면 어렵지 않습니다. 조만간에 공문을 보낼 거니까 그대로 진행하시면 됩니다. 실험동물 윤리위원회나 임상시험심사위원회에서는 그 어떤 트집도 잡지 않을 겁니다."

영진은 장담할 수 있었다. 위원회 쪽은 손대기 힘든 영역이었지만 다른 루트를 쓴다면 어려운 것도 아니었다.

"배려 감사합니다."

"저희야말로 앞으로 잘 부탁드리겠습니다."

성준은 영진과 함께 연회장으로 나왔다. 두 사람은 연회에 합류했다.

처음에는 그가 두려워서 쉽게 다가오지 못했지만, 시간이 지나자 그의 주변으로 사람들이 천천히 몰려들었다.

그는 자정을 넘긴 시간이 되어서야 해방되었다. 그는 기분을 환기시키기 위해 창가로 자리를 옮겼다. 사람들 틈에 오랫동안 섞여 있었더니 답답하고 피곤했다.

"답답하죠?"

설아의 목소리였다.

성준은 목소리가 들리는 방향으로 고개를 돌렸다. 그곳에 하얀 드레스를 입은 설아가 있었다. 언제나 정장을 입은 모습만 봐왔기 때문에 어색한 느낌을 쉽게 지울 수 없었다.

"드레스…… 이쁘네요."

"다행이다……. 오늘은 좀 신경 썼어요."

성준의 평가에 설아는 안도했다. 처음 만났을 때와 달리 그녀의 말투는 많이 부드러워져 있었다.

"언제 오셨습니까?"

"연회 시작할 때 도착했어요. 방해될 것 같아서 지켜보고만 있었죠."

성준의 물음에 설아가 답했다. 혹여나 성준의 일에 방해가 될까 싶어서 조용히 있었던 것이다.

"그렇군요."

성준은 창밖으로 시선을 옮기며 말했다. 내색하지는 않았지만, 그녀의 배려에 마음이 움직인 것은 사실이었다.

성준이 말없이 창밖을 응시하고 있자 설아는 희미한 미소를 머금은 채 한 걸음 다가왔다.

"일은 잘 해결되었어요?"

설아가 물었다. 그녀도 서국 신약개발연구소의 동물 실험 문제에 대해 알고 있었다.

"잘 해결되었습니다."

"다행이네요."

원활하게 진행될 것만 같았던 대화가 중단되었다. 대화의 진행 없이 얼마 지나지 않아서 연회는 끝났지만 설아는 성준과의 사이가 더 가까워졌다는 것을 느낄 수 있었다.

"하필이면 크리스마스이브에 던전 일정이 잡히다니……."

성준은 맑은 하늘을 보며 한탄하듯 중얼거렸다.

크리스마스이브에 같이 시간을 보낼 사람도 없었지만, 왠지 손해 보는 기분이었다. 이번에는 각성 던전도 공략할 생각이었기 때문에 취소하기도 곤란했다.

"강성준 경!"

정원에서 생각에 잠겨 있는 성준에게 제로스가 달려왔다.

"잠시 공방으로 와주시겠습니까? 드릴 선물이 있습니다."

"크리스마스라고 선물도 준비한 거야?"

"어쩌다 보니 시기가 이렇게 되었습니다."

제로스는 먼저 공방으로 향했다. 성준도 그를 뒤따라 발걸음을 옮겼다. 제로스가 먼저 공방에 도착했다.

그는 실험대 위에 놓여 있는 작은 귀걸이 하나를 성준에게 건넸다.

"이게 뭐야?"

성준은 궁금증을 참지 못하고 계측기를 꺼냈다. 아이템 감정 기능을 사용하려는 순간에 제로스가 입을 열었다.

"제가 '개조'를 한 거라서 계측기로는 감정할 수 없을 겁니다."

"어디에 쓰는 건데?"

"차원의 흔적을 수집하는 아이템입니다."

"그게 가능해?"

성준의 물음에 제로스는 고개를 끄덕였다.

"각성 던전 안에서라면 가능합니다. 강성준 경의 설명대로라면 차원이 강제로 열리게 된 거니까 전체적으로 불안정할 겁니다. 그런 상황에서 흔적을 수집하는 건 어렵지 않습니다."

제로스는 간단하게 설명했다. 성준도 마법에 대해 어느 정도 지식이 있기에 어렵지 않게 이해할 수 있었다.

"차원의 흔적을 모으면 제 연구 진행에 가속이 붙을 것 같습니다."

"그러면 어떻게 되는 것이지?"

"이쪽에서 차원 관문을 여는 방법을 찾아낼 수도 있습니다."

성준의 두 눈이 반짝였다. 그의 말이 사실이라면 더 이상 방어만 하는 것이 아니라 공격도 시도할 수 있게 되는 것이다.

"듣던 중 반가운 소리네."

성준은 시계를 확인했다. 슬슬 던전에 가야 할 시간이 되었다.

"좋은 소식을 기다리고 있겠습니다."

"그래."

성준은 헌터 세단을 타고 던전 입구로 향했다.

A급 던전 솔플 일정이었다. S급 던전 솔플도 가능하지만, 각성 던전을 공략하기 위한 체력과 마력을 아낄 생각에 일부러 A급 던전으로 일정을 잡았다.

성준은 이제 A급 던전은 솔플이라도 큰 무리 없이 클리어할 수 있을 정도의 실력을 갖추었다. '흡수'를 계속 사용했기 때문에 결과적으로 보면 체력과 마력의 소모도 크지 않았다.

-공략 확인, 계측 완료. A급 던전을 클리어하셨습니다.

-새로운 아이템의 존재를 확인.

보스로 등장한 오크 검성을 쓰러뜨리자 계측기가 반응했다. 오크 검성의 시체가 사라진 곳에 마정석과 함께 그가 사용했던 검이 놓여 있었다.

-아이템이군요.

리슈발트가 말했다. 성준은 고개를 끄덕이며 검을 들어 올렸다. 그리고 계측기의 아이템 감정 기능을 사용했다.

[저주의 검.]
A급.
출혈 저주 효과 확인.
근력 상승효과 확인.

아이템 감정 결과였다. A급 아이템이었지만 동급의 '각성한 로엘'과 비교하면 옵션이 많이 부족했다. 리슈발트도 옆에 다가와 감정 결과를 확인했지만, 고개를 저었다.

-승급이 얼마 남지 않았기도 하고 동조율 상승효과도 볼 수 있으니 로엘을 계속 쓰는 게 좋을 것 같습니다.

"이건 팔아야겠다."

A급 아이템은 비싼 값에 팔린다. 성준은 '저주의 검'을 차원 주머니에 넣었다.

그리고 다시 리슈발트를 향해 시선을 옮기며 입을 열었다.

"리슈발트. 각성 던전이다."

-알겠습니다.

리슈발트가 두 손을 들어 올리자 주변 풍경이 녹아내렸다. 그리고 새로운 풍경을 주변을 침식했다. 모든 것이 끝났을 때

성준은 평원의 중앙에 서 있었고 앞에는 거대한 요새가 보였다. 성준은 가장 먼저 깃발을 확인했다.

'뱀파이어…… 그것도 후작인가?'

붉은 배경의 깃발의 중앙에 그려진 문장은 뱀파이어 특유의 양식이었다. 작위를 나타내는 문장도 어렵지 않게 찾을 수 있었다.

"뱀파이어 후작이 확실해."

성준은 확신에 찬 목소리로 말했다.

종족 연합의 군대가 모습을 드러낼 때 언제나 함께하는 것이 뱀파이어의 깃발이었다.

잊을 리가 없었다.

-뱀파이어 후작 정도라면 SS급 하위에 속합니다.

리슈발트가 비교하기 쉽게 지구의 척도로 전투력을 계산했다.

성준은 차분하게 검을 뽑아 들며 입을 열었다.

"은신."

시동어와 함께 그는 어둠 속에 완전히 녹아들었다.

성문은 굳게 닫혀 있었지만, 외성의 성벽이 높지 않았다. 그래서 은신 상태를 유지하면서 성내로 진입하는 게 어렵지 않았다.

공간을 단절하는 결계는 먼 곳에 펼쳐져 있었기 때문에 후작성의 병력은 재앙이 다가오고 있다는 사실을 알아차리지 못했다.

뱀파이어 후작의 성답게 경비는 철저했다. 뱀파이어 하나가 리빙 아머 셋과 함께 조를 이뤄서 성벽 위를 순찰하고 있었다.

　-외성에서 내성으로 향하는 길목에 은신을 탐지하는 아이템이 설치되어 있습니다.

　주변 정찰을 다녀온 리슈발트의 보고였다.

　은신 탐지 아이템은 지구는 물론이고 이계에서도 흔한 것은 아니었다. 아무래도 뱀파이어 후작의 성이라서 그런지 설치되어 있는 모양이었다. 성준은 잠시 골목에 숨어들어 은신을 해제했다.

　그러고는 리슈발트를 보며 입을 열었다.

　"다른 길은?"

　-뱀파이어 남작이 지키고 있습니다. 아마 은신의 존재를 감지할 겁니다.

　리슈발트의 말에 성준은 고개를 끄덕였다.

　뱀파이어 남작 정도라면 누군가 근처에서 은신을 사용하고 있다는 것 정도는 감지할 수 있을 것이다. 더군다나 지금은 그들의 능력치가 보정되는 밤이었으니까.

　-어떻게 하시겠습니까?

　"뱀파이어 남작이 있는 곳으로 가야겠어."

　-훌륭한 선택입니다.

　리슈발트는 감탄했다.

　은신 탐지 아이템과 달리 뱀파이어 남작은 은밀하게 처리해

버리면 침입 사실이 새어나갈 걱정이 없었다.

"은신."

성준은 다시 은신 상태가 되었다.

-길을 안내하겠습니다.

리슈발트가 먼저 움직였다. 그의 안내를 받으며 도착한 곳에는 높은 탑이 있었다.

입구는 뱀파이어 기사 둘이 지키고 있었다. 탑의 상층부에서 강한 마력 반응이 느껴지는 것으로 보아 뱀파이어 남작이 있는 것 같았다.

-뱀파이어 기사들은 주군의 존재를 감지하지 못했습니다.

리슈발트가 보고했다.

성준은 발걸음을 옮겼다. 잡담조차 없이 경계를 계속하고 있는 뱀파이어 기사들의 사이를 지나쳐 탑의 상층부로 올라갔다. 계단의 끝에 도착하자 뱀파이어 남작의 뒷모습이 보였다.

"뭔가……."

뱀파이어 남작은 은신의 존재를 감지했다. 날렵하게 검을 뽑으며 주변을 경계했다. 처음에는 착각인가 싶었지만 시간이 지날수록 선명한 마력이 느껴졌다. 부하들을 부르기 위해 그가 입을 열려는 순간이었다.

'지금!'

성준은 뱀파이어 남작과의 거리를 순식간에 좁혔다. 빠르게 이동하면서 은신이 풀렸다. 하지만 뱀파이어 남작이 육안으로 성준을 확인하기도 전에 그의 검이 휘둘러졌다.

"커헉?"

오러가 깃든 날카로운 칼날이 뱀파이어 남작의 목을 깊이 베었다. 피 분수가 솟구쳤다.

뱀파이어 남작은 위태롭게 비틀거렸지만 쓰러지지는 않았다. 그는 혈마법을 사용해 지혈을 시도했지만 성준은 그럴 틈을 줄 생각이 없었다.

연격이 펼쳐졌다. 섬광과도 같은 찌르기가 뱀파이어 남작의 심장을 관통했다. 인간에 비해 재생 능력이 월등하게 뛰어난 뱀파이어라고는 해도 심장에 심한 손상을 입으면 숨이 끊어질 수밖에 없었다.

"쿠, 쿨럭……!"

뱀파이어 남작의 숨이 끊어지는 순간이었다. 그가 흘린 피가 하늘로 솟구치더니 신호탄처럼 요란한 소음과 함께 사방으로 퍼졌다. 죽기 직전에 혈마법으로 침입자의 존재를 알리는 신호를 보낸 것이었다.

-수비 병력이 움직이고 있습니다.

리슈발트가 보고했다.

발각된 상황이었지만 성준은 여전히 여유로운 표정이었다.

"보스부터 죽이고 시작할까 했는데 안 되겠네……."

-섬멸입니까?

"그래. 일단 잡졸부터 다 죽이자."

대답과 함께 성준은 탑 아래로 시선을 던졌다.

영주성의 수비 병력이 탑을 포위하고 있었다. 뱀파이어 귀족도 섞여 있었다.

"리슈발트. 이번 각성 던전의 난이도는?"

-SS급 하위 정도입니다. 주군이라면 체력과 마력의 소모가 극심하겠지만 무난하게 클리어할 수 있을 겁니다.

리슈발트가 대답했다.

만약 성준이 '흡수'를 사용하지 못하는 평범한 SS급 헌터였다면 클리어조차 불확실했을 것이다.

"조심해야겠네."

성준은 입가에 희미한 미소를 그렸다. 그리고 탑 아래로 몸을 날렸다. 동시에 마력을 끌어 올리며 입을 열었다.

"슬래시."

시동어와 함께 마력을 머금은 검을 휘두르자 오러 참격이 지상을 향해 무서운 속도로 쏘아졌다.

"이, 이런…… 크악!"

뱀파이어 기사의 오른팔이 잘리는 것으로 시작을 알렸다. 뒤이어 부드럽게 착지한 성준은 날렵하게 검을 휘두르며 폭풍검을 시전했다.

"크아아악!"

"으아아악!"

몰려든 수비 병력이 날카로운 비명과 함께 찢겨 나갔다. 뱀파이어들의 피부는 리빙 아머의 갑옷과 비슷한 방어력을 지니고 있지만 성준의 '검풍'은 리빙 아머의 갑옷조차 찢어버리는 무서운 절삭력을 가지고 있었다.

일격에 수십의 리빙 아머가 조각나고 10여 명의 뱀파이어가 피를 흩뿌리며 쓰러졌다. 혈마법으로 방어를 펼치거나 오러 아머를 가동한 소수의 뱀파이어 귀족과 기사들만이 두 발로 서 있었다.

-뱀파이어 남작 셋에 기사가 다섯입니다.

뱀파이어 남작은 S급 하위 티어 수준의 전투력을 가지고 있었다. 그에 비해 뱀파이어 기사는 A급 최상위 티어에 불과했다. 뱀파이어 기사도 S급으로 분류하는 학계도 있지만 인정받지 못한 소수 의견에 불과했기 때문에 성준은 신경 쓰지 않았다.

"우, 우리로는 막을 수 없다! 백작님의 본대에 지원을 요청해!"

"후작님에게도 이 사실을 알려!"

뱀파이어 기사 둘이 전령 역할을 수행하기 위해 서둘러 움직였다.

성준은 단검을 던져서 한 명을 죽이고 다른 한 명은 고속 이동술로 거리를 좁힌 뒤 심장에 검을 꽂아 넣었다.

"제기랄! 합격진이다! 내가 엄호하겠다!"

뱀파이어 남작 하나가 황급히 혈마법을 캐스팅하며 외쳤다. 이제 남은 전력은 남작 셋에 기사 셋이다. 지원군이 올 때까지 버텨야만 했다.

그들이 합격진을 펼치기 위해 움직인 순간이었다.

섬광이 그들을 덮쳤다.

"커헉!"

"윽!"

휘둘러진 검에 뱀파이어들이 허무하게 쓰러졌다. 뱀파이어 남작이 셋이나 있었지만 성준의 검을 버티지 못했다. 성준이 움직임이 멈췄을 땐 그곳에 멀쩡하게 서 있는 뱀파이어는 없었고 하늘에서 피가 비처럼 쏟아졌다.

멀리서는 뱀파이어로 구성된 병력이 접근하는 게 느껴졌다. 성준의 입가에 미소가 번졌다.

"크리스마스인데 너무 화려했나?"

-그야말로 블러드 크리스마스군요.

리슈발트가 재미없는 농담을 던졌다. 성준은 적의 병력이 몰려오는 곳으로 발걸음을 옮겼다.

-모두 죽일 생각이십니까?

"어차피 도망 못 쳐. 그래서 잡졸들부터 천천히 처리하려고"

차원을 단절하는 결계가 유지되고 있어서 각성 던전이 클리어되거나 성준이 죽을 때까지 그 누구도 도망칠 수 없다.

보스만 죽이고 클리어하는 방법도 있지만 들켜 버렸기 때문에 성준은 '섬멸'을 선택할 수밖에 없었다.

어느새 후작성의 수비대가 성준의 앞에 모습을 드러냈다.

-지휘관은 뱀파이어 백작입니다.

리슈발트의 보고에 성준은 고개를 끄덕였다. 마물 중에서도 S급 최상위 티어의 전투력을 지닌 뱀파이어 백작 정도라면 성준도 방심할 수 없는 상대였다.

"제국군 전투 사제복……? 이단 심판관인가?"

뱀파이어 백작은 성준의 옷차림을 보고 오해했다. 이단 심판관들도 전투 사제복을 입고 다니지만 평범한 전투 사제들보다 우수한 최정예들로 구성되어 있다.

-주군을 제국의 이단 심판관으로 오해한 것 같습니다. 상황이 재밌게 돌아가는군요.

"재밌는 장난을 칠 수 있을 것 같은데?"

성준의 입가에도 미소가 번졌다.

"계획을 변경해야겠어. 섬멸은 취소다. 생존자를 몇 명 남겨 두자."

성준이 말했다. 여기서 그가 제국군 이단 심판관인 척 연기를 하면서 뱀파이어들을 처참하게 죽인다면 제국과 종족 연합 간의 분란의 씨앗이 될 수 있을 것이다.

"뭘 그렇게 중얼거리고 있는 것이냐? 인간…… 어서 질문에 대답하라. 제국의 이단 심판관이 여기서 뭘 하고 있는 거냐?"

"제국의 이름으로 악의 근원을 심판하러 왔다."

성준은 큰 목소리로 분명하게 말했다.

본래는 황제를 입에 담아야 했지만, 그것은 내키지 않았기에 대신 제국의 이름으로 선고했다. 그는 이단 심판관을 완벽하게 연기하고 있었다. 이단 심판부대에도 지인이 많았고 그들과 함께 전장을 누빈 경험이 풍부했기 때문에 가능한 일이었다.

"뭐라고……? 종족 연합과 제국이 맺은 조약을 잊은 것이냐!"

"그런 건 상관없다. 나는 제국의 적을 섬멸할 뿐이다."

성준은 검을 들어 올렸다. 마력을 모으자 뱀파이어들이 서둘러 혈마법 방패를 펼쳤다.

"질풍검!"

성준이 검을 휘두르자 검풍을 머금은 회오리가 주변을 휩쓸었다. 수준 높은 혈마법 방패를 전개하고 있던 이들은 무사했지만 혈마법의 수준이 낮은 뱀파이어들은 붉은 방패가 찢기기 무섭게 전신이 검풍에 베여 쓰러졌다. 대부분 리빙 아머들로 구성된 진형 외곽이 무너졌다.

성준은 고속 이동술을 펼쳤다. 무너진 진형을 돌파하자 뱀파이어 기사들이 나타났다.

"전력을 다해 막아라!"

명령을 내리는 이는 뱀파이어 자작이었다. 자작 정도라면 S급 상위의 실력자다. 그를 노려보는 성준의 눈동자가 날카롭게 빛났다.

-지휘관을 노릴 생각이십니까?

성준은 대답 대신 고개를 끄덕였다. 적의 수가 많을 때 지휘관을 죽이고 사기를 저하시키는 것은 전술의 기본이었다.

성준은 눈동자에 마력을 끌어 올렸다.

"석화."

석화 저주를 머금은 붉은 광선이 뱀파이어 자작을 향해 날아들었다.

"제, 제기랄……!"

공격을 인지했지만, 몸이 움직이지 못했다. S급 상위의 마물조차 반응하지 못할 정도로 무서운 속도였다. 다량의 마력을 소모했지만, 일격으로 뱀파이어 자작이 석화 저주에 걸리고 말았다. 그의 몸이 딱딱하게 굳더니 돌로 변했다.

"방심하지 마라!"

뱀파이어 백작이 검을 뽑아 들며 외쳤다. 성준이 예상보다 강했기 때문에 직접 개입할 필요성을 느낀 것이었다. 뱀파이어 기사들이 성준을 향해 포위망을 전개하는 사이 백작은 왼손을 뻗었다.

-염동력입니다!

리슈발트가 경고했다.

성준은 자신의 주변을 옥죄는 강한 염동력을 느낄 수 있었다. 마력 방출로 강제 상태 해제를 노렸지만 소용없었다. 블링크조차 불가능했다.

'생각보다 염동력이 강하다…… 그렇다면……!'

백작에게 간섭하는 수밖에 없다. 성준은 리슈발트를 향해 시선을 옮기며 입을 열었다.

"리슈발트!"

성준이 마력을 전달하자 리슈발트가 검을 뽑았다.

-다시 한번 제 검을 바치겠습니다.

일순간 뱀파이어 백작과의 거리를 좁힌 리슈발트의 검이 뱀파이어 백작의 목을 노렸다.

하지만 짧은 순간 위험을 느낀 백작은 염동력 제어를 해제하면서 황급히 뒤로 물러나는 것으로 리슈발트의 검격을 피했다.

-큭…… 주군! 죄송합니다!

"충분해!"

뱀파이어 백작이 염동력 제어를 포기하면서 구속이 풀렸다. 블링크 마법으로 백작의 배후로 이동한 성준은 힘차게 검을 휘둘렀다.

붉은 피가 튀었다.

휘둘러진 검은 뱀파이어 백작의 복부를 깊게 베었다. 허리

절단을 노린 것이었지만 뱀파이어 백작은 S급 최상위 티어답게 검이 닿기 직전에 위험을 알아채고 뒤로 물러난 것이었다.

하지만 성준의 검격이 워낙 빨랐기 때문에 알아차리는 게 평소보다 늦었고 몸이 절단나지는 않았지만, 치명상을 입고 말았다.

"큭!"

백작은 고통에 찬 신음을 흘리는 것과 동시에 혈마법으로 상처를 지혈했다. 출혈이 멎는 것과 동시에 상처가 빠른 속도로 회복되기 시작했다.

-고속 재생입니다!

리슈발트의 목소리가 들려왔다.

고속 재생은 뱀파이어들 중에서도 일부만 가지고 있는 능력이었다. 별다른 캐스팅 없이도 마력만 주입하면 상처를 재생시킬 수 있기 때문에 상대하기 귀찮은 종류였다. 고속 재생 능력자일 경우 서둘러 처리해야 할 필요가 있었다.

성준은 다량의 마력 소모를 각오하고 환영검을 펼쳤다. 뱀파이어 백작이 황급히 물러난 덕분에 기술을 사용할 거리가 알맞게 확보된 것이었다.

"커헉!"

31개의 환영검을 모두 피한다는 것은 불가능에 가까웠다. 더군다나 동조율이 오르면서 성준이 소환하는 환영검들은 더

욱 집요하게 급소를 노리고는 했다.

뱀파이어 백작의 왼쪽 다리가 잘려 나가고 전신에서 피가 쏟아져 나왔다.

"브, 블러드 스피어!"

뱀파이어 백작은 쓰러지면서도 성준의 연격을 차단하기 위해 혈마법을 시전했다. 붉은 피의 창, 블러드 스피어 6개가 생성되어 성준의 급소를 노렸다.

성준은 빠르게 움직여 블러드 스피어들을 피했다. 하나를 완전히 피하지 못했지만 검을 들어 부드럽게 흘려 넘겼다.

"제기랄!"

그것을 본 백작의 얼굴에 절망이 서렸다. 왼쪽 다리가 절단되고 전신이 환영검에 베이는 치명상을 입어가면서도 죽을 힘을 다해 완성한 혈마법이었다. 성준의 연격을 막을 수 있을 것이라는 희망을 품었지만 실패하면서 절망과 함께 몸이 무너져 내리듯 쓰러졌다.

"백작님!"

"혈마법으로 원호해!"

근처에 있던 뱀파이어 기사들이 서둘러 혈마법을 캐스팅하는 모습이 보였다. 하지만 늦을 것이다. 성준은 이미 검을 들어 올리고 있었다.

"제국의 이단심판관이 이 정도였었나……?"

뱀파이어 백작은 허무한 목소리로 말했다. 전력을 다했지만 한낱 벌레의 발버둥이라고 느껴질 정도로 성준의 무력은 압도적이었다.

'이 내가 이렇게 당할 줄이야.'

찰나의 생각이 뇌리를 스치고 지나가는 순간이었다. 성준은 그를 향해 검을 내려쳤다.

몸이 두 쪽으로 갈라지면서 피 분수가 솟구쳤다. 뒤이어 뱀파이어 기사들의 혈마법이 성준을 덮쳐왔다.

"실드."

성준의 목에 걸린 2개의 목걸이 중 하나가 붉은 빛을 발산하자 강력한 마력 역장이 생성되었다.

"혈마법이 모두 차단당했습니다!"

누군가 외쳤다.

'용의 가호'가 생성하는 마력 역장은 고위 마법조차 막아낸다. 뱀파이어 기사들이 캐스팅한 혈마법이 뚫을 수 있을 리가 없었다.

"근접전이다! 오러로 공격해라!"

남작의 작위를 가지고 있는 뱀파이어가 외쳤다. 뱀파이어 기사들은 대부분 오러를 사용할 수 있지만 그 강도가 약하다. 그것을 잘 알고 있는 성준은 오러를 변형했다. 그리고 날카로운 오러 조각을 사방에 흩뿌렸다.

"크아아악!"

"오러 변형까지!"

고속 이동술까지 펼치며 거리를 좁혀오던 뱀파이어 기사들이 우르르 무너졌다. 바닥에는 붉은 피가 흥건했다. 지휘를 맡은 뱀파이어 남작은 오러 변형까지 사용하는 모습을 보고 고개를 저었다.

'우리는 상대가 안 된다……'

절망이 침식했다. 그런 그를 보며 성준은 입꼬리를 끌어 올렸다. 주변에는 뱀파이어 기사들의 시체로 가득했다.

-훌륭한 오러 변형이었습니다.

리슈발트는 감탄했다.

'오러 변형'은 검술의 재능과 기교를 많이 요구하는 상급 기술이었지만 전생에 로우켈이었던 성준에게는 어렵게 느껴지지 않았다.

그는 살기를 흘리며 뱀파이어 남작을 향해 천천히 발걸음을 옮겼다.

"도…… 망……."

본능이 도망치라고 경고했다. 도저히 움직일 수 없었다. 그의 곁을 수행하는 다른 뱀파이어 기사들도 마찬가지였다.

어느새 성준은 코앞까지 다가왔다. 그리고 사라졌다.

"어……?"

뱀파이어 남작이 성준의 기척을 읽어냈을 땐 이미 주변의 뱀파이어 기사들이 모두 피를 쏟으며 쓰러진 뒤였다. 남작이 그 사실을 알아차렸을 때는 성준의 검이 왼팔을 잘라내고 있었다.

"크악!"

"안심해. 금방 끝나니까."

성준은 고통에 찬 비명을 내지르는 뱀파이어 남작을 보며 신속하게 검을 회수했다. 그리고 그의 심장을 노리고 힘차게 검을 내찔렀다.

"커헉!"

2번째는 숨이 끊어지는 비명이었다.

"이, 이럴 수가……."

"기사단이 전멸했다고?"

뱀파이어 귀족들이 이끄는 기사단이 전멸했다는 것은 충격 이었다. 소수의 뱀파이어들이 남아 있었지만 감히 성준에게 달려들지 못했다.

성준은 싸늘한 시선으로 그들을 훑었다. 굳이 상대할 필요 는 없을 것 같았다. 성준이 '흡수'를 하고 내성 쪽으로 발걸음 을 옮겼지만, 그들은 막아서지 않았다.

덕분에 내성의 성벽도 어렵지 않게 넘었다. 리슈발트는 보 스가 있는 곳으로 성준을 안내했다. 보스의 위치가 정해져 있 지 않은 각성 던전에서 리슈발트는 길잡이 역할을 충실하게 수행했다.

　-아무래도 조금 전에 뱀파이어 백작이 이끌었던 기사단이 주력이었던 모양입니다.

　리슈발트가 말했다.

　내성에 진입했지만 생각보다 저항은 거세지 않았다. 요격을 위해 움직였던 병력이 주력이었을 것이라는 리슈발트의 의견에 성준도 고개를 끄덕이는 것으로 동의했다.

　"여기도 비었나?"

　내성의 건물 안으로 들어왔지만 근처에서 기척은 느껴지지 않았다.

　"리슈발트."

　-정찰을 다녀오겠습니다.

　성준은 자세히 말하지 않았지만 리슈발트는 그가 정찰을 요구한다는 것을 파악하고 먼저 움직였다. 5분 후, 리슈발트가 신속한 정찰을 끝마치고 돌아왔다.

　"상황은?"

　-거의 비어 있습니다. 보스가 있는 방은 간섭 때문에 자세히 살피지 못했지만 매복은 없는 것 같았습니다.

　"좋아."

　성준은 고개를 끄덕였다.

　리슈발트가 안내를 시작하고 얼마 지나지 않아서 보스방의 문앞에 도착했다. 성준이 문을 열기 위해 앞으로 한 걸음 다가선 순간이었다.

성준은 빠르게 좁혀오는 기척을 느끼고 황급히 뒤로 물러났다. 오러가 깃든 검이 철문을 꿰뚫고 튀어나왔다. 뒤로 물러나지 않았다면 두개골이 갈라졌을 것이다.

"조금 짧았나 봅니다."

철문 너머에서 냉랭한 목소리가 들려왔다. 동시에 철문이 조각나면서 장발의 기사가 걸어 나왔다.

"여단의 기사?"

그가 입고 있는 흉갑에는 기사 여단의 문장이 그려져 있었다. 성준은 의외라는 표정이었지만 리슈발트의 생각은 달랐다.

-제국이 마물들과 동맹을 맺었으니…… 여단의 기사가 뱀파이어 후작성에 있는 것도 이상한 일은 아닙니다.

리슈발트의 말에 성준도 납득하고는 고개를 끄덕였다.

"기사 여단 서열 220위의 가이우스라고 합니다. 잘 부탁합니다."

스스로를 가이우스라고 소개한 기사의 어깨너머로 뱀파이어 후작의 모습이 보였다. 그는 검을 뽑은 채 성준을 응시하고 있었다.

움직임은 없었지만 성준은 자신이 가이우스와 검을 섞을 때 뱀파이어 후작이 움직일 것이라고 어렵지 않게 예상했다.

"하크 후작님은 초대받지 않은 손님을 싫어하신답니다."

"후작'님'? 지금 뒤에 있는 마물을 보고 그렇게 말한 거야?"

뱀파이어 후작, 하크를 대하는 가이우스의 태도에 성준은 어이가 없었다. 황제의 휘하에 있는 기사가 아니라 마물들의 앞잡이라고 해도 믿을 수 있을 정도였다.

"입 조심해라. 하등한 인간."

싸늘한 목소리가 넓은 홀과 복도에 울려 퍼졌다. 짙은 살기가 깃든 목소리였지만 성준은 오히려 미소를 지었다.

"이게 '전력'을 다한 살기냐? 마물 새끼들도 끝났네."

"인간 놈이!"

"잘 봐. 이게……."

하크가 검을 들어 올린 순간 성준은 가이우스를 향해 살기를 개방했다.

"진짜 살기다."

"커헉!"

최정예 기사인 가이우스의 전신을 일시적으로 경직시킬 정도로 강한 살기였다. 검을 놓지는 않았지만 이대로는 빈틈투성이었다.

"가이우스 경!"

하크는 가이우스를 돕기 위해 성준을 노리고 단검을 투척했다. 단검이 날아오는 속도가 조금 빠르지만 그전에 가이우스를 처리할 수 있을 것이라 생각했다.

"가속."

하지만 하크가 시동어를 내뱉자 단검에 가속이 붙었다. 순식간에 거리를 좁혀온 단검 탓에 성준은 뒤로 물러날 수밖에 없었지만, 그도 비장의 수가 없는 것은 아니었다.

"리슈발트!"

성준은 하크가 던진 단검을 쳐내면서 충직한 영혼 부관을 호출했다. 리슈발트가 검을 휘둘렀다.

"컥?"

가이우스는 목에서 피를 뿜으며 힘없이 쓰러졌다.

"회수."

가이우스가 미지의 공격에 당해 쓰러졌음에도 불구하고 하크는 당황하지 않고 단검을 회수했다. 그는 침착하게 마력을 끌어 올렸다.

어느새 성준이 고속 이동술로 코앞까지 접근해 검을 휘두르고 있었다.

"하앗!"

하크가 기합을 내지르자 차원이 굴절되면서 성준의 검을 막아냈다.

'차원 굴절? 귀찮은 능력인데…….'

성준도 차원을 굴절시키는 마법에 대한 지식이 있었기 때문에 괜한 욕심을 내지 않고 뒤로 물러나 자세를 재정비했다.

"차원 굴절을 알고 있는 모양이군. 그렇다면 네게 희망이 없다는 것을 알 것이다."

하크가 말했다.

굴절된 차원은 그 어떤 공격도 막아낸다. 그 사실을 알고 있기 때문에 이토록 자신감 넘치는 것이었다. 하지만 여유로운 것은 성준도 마찬가지였다.

"차원 굴절에 대해 잘 모르는 모양이네."

성준의 기척이 사라졌다.

"소용없다."

하크는 후방의 차원을 굴절시켰다. 몸을 돌리지도 않았다. 그럴 가치가 없다고 생각한 것이었다. 하지만 그것은 큰 실수였다.

"참검."

"끄아아악!"

참검은 모든 존재를 벨 수 있고 그것은 차원조차 예외가 아니었다. 굴절된 차원과 함께 하크의 허리가 절단되었다. 상체와 하체가 분리되면서 붉은 피가 쏟아졌다.

"굴절된 차원도 자를 수 있어."

"제…… 기…… 랄……"

"후우!"

성준은 한숨을 내쉬었다. 이번 각성 던전을 쉽게 클리어 할 수 있었던 것은 하크가 방심했기 때문이었다.

그가 검을 집어넣자 계측기가 반응했다.

-공략 확인, 계측 완료. SS급 던전을 클리어하셨습니다.
-새로운 아이템의 존재를 확인.

성준은 후작성에 쓰러진 모든 이들의 시체어서 마정석을 루팅했다. 이계의 마물들은 죽여도 시체가 남기 때문에 직접 루팅해야만 했다.

생존한 뱀파이어가 소수 있었지만 성준을 방해하지 않았다. 보스방으로 다시 돌아온 그는 하크가 남긴 아이템을 루팅했다.

리슈발트의 도움을 받아 이계의 기운을 제거하고 계측기의 아이템 감정 기능을 사용했다.

[하크의 단검.]
B급.
회수 효과 확인.
가속 효과 확인.

쓸 만한 단검이었다. 그리고 그는 가이우스의 시체에서 기사 여단의 반지와 목걸이를 루팅하여 합성했다.

[기사 여단의 반지+10.]

A급.

오러 지속 효과 확인.

오러 강화 효과 확인.

[기사 여단의 목걸이+5.]

A+급.

마력 회복 효과 확인.

'기사 여단의 반지'는 +10이 되면서 A급이 되었고 '기사 여단의 목걸이'도 +5가 되면서 A+급이 되었다. 각인된 숫자는 '220'으로 변경되었다.

성준은 그것을 보며 만족스러운 표정으로 입을 열었다.

"파밍은 완벽해."

크리스마스 선물은 충분히 받은 것 같은 기분이 들었다.

"메리 크리스마스."

그는 하크의 시체를 보며 속삭인 뒤, 리슈발트를 보며.

"돌아가자."

2장
공격 던전

각성 던전의 보상으로 동조율은 61%가 되었다. 귀걸이 형태의 '차원 마력 수집기'에도 충분한 양의 마력이 모인 것 같았다. 그래서 성준은 기쁜 마음이 되어 저택으로 돌아갔다.

새벽이라서 그런지 순찰하는 경호원들을 제외하면 모두 자고 있는 것 같았다.

-제로스 경은 깨어 있군요.

리슈발트의 말에 성준은 대답 대신 고개를 끄덕였다. 그의 공방이 있는 본채의 지하에서 마력 반응이 느껴졌다.

뭔가를 실험하거나 연구 중인 게 분명했다.

제로스가 공방의 마력이 새어나가지 않게 조치해 두었지만 성준은 예민한 감각을 속일 수는 없었다.

"잘됐네. 이것도 줘야 하니까."

성준은 검지 끝으로 귀걸이를 가리켰다. 제로스에게 받았던 '차원 마력 수집기'였다. 차원 마력을 충분히 수집했으니 제로스에게 돌려줄 차례였다.

그는 지하에 있는 제로스의 공방으로 발걸음을 옮겼다.

"제로스."

일부러 인기척을 내면서 내려갔음에도 불구하고 제로스는 연구에 집중하고 있는 탓에 눈치채지 못했다. 이름을 부른 뒤에서야 누군가 왔다는 것을 깨닫고 입구 쪽으로 고개를 돌렸다.

"아…… 오셨습니까?"

제로스는 연구 중이던 것을 대충 마무리했다. 성준은 그에게 다가가 귀걸이를 건넸다.

"차원 마력은 충분히 수집된 것 같습니다."

귀걸이 형태의 '차원 마력 수집기'를 면밀하게 살핀 제로스가 입가에 미소를 그린 채 말했다. 귀걸이에 박힌 보석이 은은한 빛을 머금고 있었다.

"필요한 거 더 있어?"

"지금 당장은 없지만 연구를 진행하다 보면 추가로 필요한 재료가 생길지도 모릅니다. 그때 다시 부탁드리겠습니다."

"그래. 필요한 거 있으면 바로 말해."

제로스의 연구는 복수뿐만 아니라 돈을 버는 것에도 도움이 된다. 그가 말하는 공격 던전 이론이 사실이라면 S급 던전 경쟁에 군이 참여할 필요 없이 A급 던전에서 차원 관문을 열고 이계의 종족 연합을 사냥하면 되는 것이다.

루팅이 조금 귀찮겠지만 이계의 마정석이 조금 더 고품질이었다. 공식적인 루트로 매각은 힘들겠지만 비공식적인 일을 전문으로 담당하는 정철이 있으니까 걱정은 없었다.

"알겠습니다."

"차원 마력을 분석하려면 얼마나 걸리지?"

"일주일이면 충분합니다."

제로스의 대답에 성준은 만족스러운 표정으로 고개를 끄덕였다. 벌써부터 복수의 끝이 얼마 남지 않았다는 생각이 들었다.

새해가 밝았다. 1월 초는 여유롭게 흘러갔다.

신철과 장훈 등의 길드원들도 며칠 전에 A급 던전을 공략했기 때문에 저택에서 휴식을 취하고 있었다. 성준도 정원에 설치된 벤치에 앉아서 따뜻한 커피를 마시고 있었다.

그에게 경호원이 다가왔다.

"방문자가 찾아왔습니다."

"나준열 씨 맞죠?"

"그걸 어떻게……."

"다 아는 방법이 있죠."

성준은 머그컵에 남아 있는 커피를 다 마신 뒤, 벤치에서 일어났다. 예정된 방문은 아니었지만, 대문 쪽에서 느껴지는 마력은 준열의 것이 분명했다. 그와 함께 싸운 적도 있었기 때문에 기억하고 있었다.

"문을 열어도 좋습니다."

성준이 허락했다. 방문자들은 그의 허락이 있어야만 대문을 넘어 들어올 수 있다.

성준이 저택에 없을 때는 한석이나 정철이 결정을 대신한다. 한석은 '충성의 룬' 때문에 배신할 수 없는 몸이었고 정철은 믿을 수 있는 사람이었다.

경호원이 물러났다.

성준은 먼저 응접실로 올라가서 준열을 기다렸다. 창밖으로 검은 세단 1대가 들어오는 모습이 보였다.

"다과 좀 부탁할게요."

고용인이 차와 과자를 응접실 탁자 위에 올려놓기 무섭게 문이 열리고 준열이 걸어 들어왔다. 표정을 보아하니 심각한 이야기가 나올 것만 같았기에 성준도 조금 긴장할 수밖에 없었다.

"강성준 씨. 오랜만입니다. 송파구에서는 감사했습니다. 경황이 없어서 지금에서야 이렇게 인사를 드리네요."

서울시 전역을 집어삼킨 대규모 레이드 상황에서 성준이 그의 목숨을 구해준 것에 관해서 이야기하는 것이었다. 준열은 레이드 상황이 종료되고 성준을 찾아와 고맙다고 말했었다. 하지만 한 번으로는 마음이 편치 않았던 모양이었다.

"제가 아니라도 다른 헌터가 구했을 겁니다. 너무 신경 쓰지 마세요."

"과연 그럴 수 있었을까요. 듣기로는 S급 최상위 헌터 3명은 송파구에서 멀리 떨어져 있었고 차원 관문을 지키고 있던 보스는 SS급이라고 하더군요. 강성준 씨가 아니었다면 저와 백하연 씨를 타이밍 맞춰서 구하는 것은 불가능했을 겁니다."

객관적인 평가였기에 성준은 고개를 끄덕일 수밖에 없었다. 그는 준열이 말을 멈추자 차를 한 모금 마신 뒤, 입을 열었다.

"이걸 '빚'이라고 생각하신다면 언젠가는 갚으면 되는 겁니다."

"반드시 갚겠습니다."

"대한민국 S급 6위 헌터께서 그렇게 말씀해 주시니까 든든하네요."

"5위입니다. 얼마 전에 순위 변동이 있었거든요."

준열은 성준의 말을 정정해 주었다.

아무래도 얼마 전의 레이드 상황으로 인한 변동인 것 같았다. 한석은 별말이 없었던 것으로 보아 순위를 유지한 것 같았다.

"대충 눈치채셨겠지만 제가 오늘 강성준 씨를 찾아온 것은 감사 인사를 전하거나 순위 변동을 알려 드리기 위해서가 아닙니다."

준열이 심각한 표정으로 말했다. 성준이 대답 대신 고개를 끄덕이자 그는 다시 입을 열었다.

"아시겠지만 저는 '백호'의 수장입니다. 오늘은 그 자격으로 강성준 씨를 찾아왔습니다."

"러시아나 중국에서 공작이라도 펼치는 겁니까?"

준열의 말이 끝나기 무섭게 성준의 머릿속을 스쳐 가는 후보들이었다. 러시아와는 불가침 조약을 맺었지만, 완전히 신뢰할 수 없다고 생각했다.

"누군가 공작을 펼치고 있는 것은 확실합니다."

"러시아나 중국이 아니라는 말씀입니까?"

성준이 물었다.

준열은 고개를 끄덕였다.

"국적이나 소속을 알 수 없는 어떤 '집단'이 강성준 씨의 뒤를 밟고 있는 것 같습니다. 저희 쪽에서 파악한 추적은 모두 '차단'했지만 이게 전부는 아닐 겁니다."

준열이 '미지의 적'으로 간주한 그들의 정체를 성준은 어렴풋이 짐작할 수 있었다.

'제국, 아니면 종족 연합이다.'

러시아와 중국이 아니라면 지금 당장 성준을 적대할 만한

소드마스터 힐러님 7

세력은 이계의 두 세력밖에 없었다. 완벽하게 처리했다고 생각했지만 제로스를 추격했던 이들이 뭔가 단서를 남긴 모양이었다. 그것이 어떤 것인지는 모르지만 자세한 정보는 담겨 있지 않았던 모양이었다.

'정보의 상태는 온전하지 않은 모양이군.'

확실한 정보를 남겼었다면 지금 움직이고 있는 이들은 소속된 세력과 관계없이 성준에 대한 적극적인 공세를 펼쳤을 것이다.

하지만 준열의 설명을 들어보니 아직 조심스럽게 작은 공작을 펼치는 정도인 것 같았다. 그들이 적극적으로 나왔다면 '백호'의 능력으로 차단은 무리였을 것이다.

"짐작 가는 곳이라도 있으신 겁니까?"

"글쎄요. '아직은' 저도 잘 모르겠습니다."

준열의 예리한 질문에 성준은 자연스러운 미소를 머금은 채 대답했다. 솔직한 대답이었다. 아직 제국이나 종족 연합, 둘 중 어느 쪽이 움직였는지 명확하지 않았으니까.

그럼에도 불구하고 중요한 사실은 두 세력 모두 성준, 정확하게 말하면 그의 전생인 로우켈을 적대한다는 것이었다.

"혹시라도 짚이는 곳이 있다면 저한테 연락 주세요."

"알겠습니다."

성준은 고개를 끄덕였지만 아직은 때가 아니라고 생각했다. 던전과 레이드의 등장으로 새로운 시대가 열렸지만 이계의 존재를 받아들이기 쉽지 않을 것이다. 존재를 받아들인다고 해도 그들이 자신을 적대하는 이유를 설명할 때 '전생'이라는 요소는 부적합했다.

"그럼 저는 이만 가보겠습니다."

"벌써 가려고요?"

성준이 물었다.

비록 준열은 국가에 충성하는 몸이었지만 능력 있는 헌터였다. 친분을 쌓으면 분명 도움이 될 것이라 생각했기에 언제나 기회를 노리고 있었다.

"최근 여러 가지 일이 겹쳐서요. 오늘은 이만 돌아가야 할 것 같습니다."

준열의 말에 성준도 고개를 끄덕일 수밖에 없었다. 무장경찰 간부직과 백호의 수장직을 동시에 수행하는 것은 쉬운 일이 아닐 것이다.

"그럼 이만."

준열은 검은 세단을 타고 저택을 떠났다. 점차 멀어지는 세단의 뒷모습을 응접실 테라스에서 지켜보던 성준은 제로스의 기척을 느끼고 고개를 돌렸다.

마침 문이 열리고 제로스가 들어왔다. 그는 하얀 가운을 입고 있었다. 연구원이나 의사들이 즐겨 입는 것이었는데 제로스는 그 특유의 분위기가 마음에 든다고 자주 입고 다녔다.

"강성준 경. 잠깐 시간 괜찮습니까?"

"서재로 가지."

차원 관문 연구와 관련된 게 분명했다.

성준은 제로스를 서재로 안내했다. 3층의 서재에 도착했다. 성준이 의자에 앉자 제로스는 방문이 굳게 닫혀 있고 근처에 아무도 없는 것을 확인한 뒤, 입을 열었다.

"이론은 완벽합니다."

성준의 얼굴에도 활기가 깃들었다.

로우켈의 이름을 가졌던 전생에 제로스와 친하게 지냈었기 때문에 잘 알고 있었다. 그가 이렇게 자신감 넘치는 목소리로 말한다는 것은 확실하다는 것이었다.

"간단하게 설명 부탁해."

성준이 말했다. 그는 기본적인 마법 지식을 알고 있었지만 복잡한 설명이 시작되면 이해하기 힘들었다.

"차원 균열이 있으면 이계로 건너가는 차원 관문을 만들 수 있습니다."

"끝?"

성준이 끝이냐고 묻자 제로스는 고개를 끄덕였다.

설명은 생각보다 짧았지만 중요한 내용은 충분히 전달되었다. 그래서 좋았다.

"차원 균열은 어디서 찾을 수 있는 건데?"

차원에 대한 지식은 마도학에서도 상위로 분류되기 때문에 성준도 자세히 알지 못했다.

"불규칙적으로 발생합니다. 일단 차원 관문을 열려면 균열이 일정한 규모 이상이 되어야 합니다. 제국이나 종족 연합에서는 균열을 확대시키는 무언가를 만들었을 겁니다."

"아무래도 그렇겠지?"

"그렇습니다."

"그러면 막연하게 기다려야 되나?"

"그건 아닙니다. 이곳에는 '던전'이라는 게 존재합니다. 미약하지만 이계와 연결되어 있기 때문에 차원이 불안정하죠."

제로스의 설명에 성준의 눈동자가 반짝였다.

"그러면 균열이 존재할 확률이 높겠네?"

"대부분의 경우 미약하지만, 균열이 존재할 겁니다. 저는 그 균열을 확대해서 차원 관문을 구축할 마도구, 그러니까 이곳의 용어로 아이템이라고 부르는 것을 만들 수 있습니다."

성준은 고개를 끄덕였다. 각성 던전과 원리가 비슷한 것 같기도 했다.

"등급이 높을수록 균열이 분명합니다. A급 정도면 적당할 것 같군요."

"제작에는 시간이 얼마나 걸려?"

"얼마 안 걸립니다. 그런데 재료가 하나 없습니다."

제로스는 솔직하게 말했다.

다른 재료들은 성준의 지원으로 구할 수 있었지만, 마지막 남은 가장 중요한 하나를 구할 수 없었다. 그것은 지구에 존재하지 않는 것이기 때문이었다. 그는 차분한 표정으로 입을 열었다.

"리오딘 수정이 필요합니다."

대마법사 리오딘이 발견한 희귀한 광석의 일종. 제로스는 그게 필요했다.

"'리오딘 수정'이 뭔지는 나도 알고 있어. 그런데 그건 이계에만 존재하는 물질이 아니었나?"

성준이 날카롭게 지적했다.

일단은 그도 헌터 생활을 짧게 한 것은 아니었기 때문에 아이템이나 재료 등은 대충 알고 있었다. 그래서 '리오딘 수정'이 지구에는 존재하지 않는다는 것을 잘 알고 있었다. 그렇다고 이계에서도 흔한 것은 아니었다.

"그 문제는 걱정하지 않으셔도 됩니다. 지구에도 리오딘 수정이 있습니다."

"그럴 리가."

그러자 제로스는 고개를 끄덕이며 입을 열었다.

"제가 설명을 잘못했군요. 제국의 조사부대가 소량의 리오딘 수정을 가지고 차원을 넘어왔습니다. 저는 그것을 보유한 거점의 위치를 알고 있지요."

제국의 숙청을 피해 지구로 건너와 살면서 언제나 추격자들을 피해 살아야만 했다. 그들의 움직임을 먼저 파악해야 살아남을 수 있었다. 그래서 그는 독자적인 정보망을 구축했고 제국이 지구에 구축한 다수의 거점을 '감시'해 왔다.

살아남기 위해.

"위치는 어디지?"

성준은 급한 마음에 질문했다. 더 이상 당하고만 있지 않아도 된다는 사실이 그를 흥분시킨 탓이었다.

"미국 뉴욕입니다."

그렇게 성준의 미국행이 결정되었다.

며칠 뒤, 그는 길드원들을 소집해서 사정을 설명했다. 제국이나 차원 관문 같은 복잡한 이야기는 생략하고 그저 용무가 있어서 미국에 다녀오겠다는 정도로만 말해두었다.

현성과 설아 등 주변 사람들에게도 미국에 잠시 다녀오겠다는 것을 말한 뒤, 성준은 항공편을 예약했다.

급하게 예약을 시도해서 그런지 몰라도 가장 빠른 항공편이 일주일 뒤였다.

"일주일이라……."

끝마친 성준은 의자 등받이에 기댄 채 혼잣말을 중얼거렸다. 고지가 코앞에 보이니까 마음이 급한 것이었다.

공군에 항공기를 요청할까 생각해봤지만, 군용기를 타고 미국 영공에 진입하려면 귀찮은 절차를 밟아야만 할 것 같았다. 그래 봤자 성준의 영향력이라면 전화 몇 통으로 끝나겠지만 그것조차 귀찮았다. 다른 방법이 없으면 군용기를 요청하겠지만 지금은 아니었다.

-제니퍼에게 부탁하는 건 어떻겠습니까? 중앙헌터국이라면 한국에도 전용기를 배치해 뒀을 겁니다.

"아!"

리슈발트의 조언에 성준은 그제야 제니퍼의 존재를 떠올렸다. 정보기관이라면 타국에 비공식적인 운송 수단 정도는 배치해두는 게 상식이었다.

특히 한국은 여러모로 중요한 거점이기 때문에 여러 국각의 정보원들이 많이 배치되어 있었다. 중앙헌터국 또한 마찬가지일 것이다. 원활한 이동을 위해 전용기 하나 정도는 있을 법했다.

성준은 망설임 없이 제니퍼에게 전화를 걸었다.

-네. 제니퍼입니다.

새벽임에도 불구하고 금방 전화를 받았다. 발신 번호를 보고 성준이라는 것을 알았는지 유창한 한국어로 말했다.

"뉴욕에 갈 생각입니다. 급한 일인데 가장 빠른 항공편이 일주일 뒤에나 있어서요.”

성준은 급한 마음에 본론부터 꺼냈다. 어차피 그녀와 안부를 주고받는 게 중요하지는 않았다.

-저희 측 전용기를 제공해 드릴 수 있습니다.

제니퍼는 눈치가 빨랐다. 그녀는 성준이 몇 마디 하지 않았음에도 불구하고 의도를 파악하고 해결책을 내놓았다.

“그래도 되겠습니까?”

-원래는 안 되는 건데 특별히 빌려드리는 겁니다.

제니퍼는 ‘특별’이라는 단어를 강조했다.

미국은 여전히 성준을 탐내고 있었지만 동맹국인 대한민국이 최근 백호를 설립하면서까지 방어 태세를 갖추고 있었기 때문에 적극적으로 움직이기 힘들었다. 그래서 이런 것에서라도 생색을 내는 것이었다.

“그렇군요. 감사합니다.”

-전용기는 지금이라도 당장 이륙할 수 있습니다. 강성준 씨는 준비되셨습니까?

중앙헌터국은 긴급 상황의 발생에 대비해 소수지만 언제나 바로 이륙할 수 있는 전용기를 준비해 두고 있었다.

“어디로 가면 됩니까?”

성준이 물었다. 관광 목적으로 장기간 체류할 것도 아니었기 때문에 짐은 많지 않았다.

-인천 국제공항으로 가시면 됩니다. 현지의 요원에게 미리 말해두겠습니다.

"무기를 들고 타도 상관없죠?"

-전용기라서 문제없습니다.

제니퍼가 대답했다.

헌터들의 무기 휴대가 금지된 몇 안 되는 곳 중 하나가 기내였다. 그래서 항공편을 이용하는 헌터들의 무기는 화물칸에 실려 운반된다.

그것은 필요하지만 귀찮은 일이었다. 하지만 다행히 전용기라서 그런 절차는 생략된 듯했다.

"그럼 인천 국제공항으로 가겠습니다."

성준은 통화를 끝내기 무섭게 가방을 챙겨서 차고로 내려갔다. 한석이 운전석에서 대기 중이었다. 그는 인천 국제공항까지 임시 운전기사 역할을 수행할 것이다. S급 헌터를 임시지만 운전기사로 쓰는 사람은 아마 대한민국에서 성준이 유일할 것이다.

그는 한석 덕분에 편하게 인천 국제공항에 도착할 수 있었다. 한석을 보내고 주차장에서 제니퍼가 말한 요원을 기다렸다.

"강성준 씨?"

5분 정도 기다리자 누군가 조심스럽게 성준에게 접근하며 그의 이름을 불렀다. 목소리가 들린 방향으로 고개를 돌리자 그곳에는 공항 직원으로 보이는 남자가 서 있었다.

"제니퍼 씨가 보냈습니다. 제 ID 카드입니다."

요원은 자신을 증명하기 위해 성준에게 ID 카드를 보여주었다. 제니퍼가 미리 말해준 요원 ID가 적혀 있었다.

예상과 다른 점이 있다면 그가 한국인이라는 것이었다. 현지의 사람을 요원으로 쓰는 경우도 많다고 들었기 때문에 크게 놀라지는 않았다.

"절차는 끝났습니다. 전용기에 탑승만 하시면 됩니다."

"그게 가능합니까?"

출입국과 관련된 절차는 반드시 본인이 해야 한다고 알고 있었다. 성준의 물음에 요원은 슬쩍 미소를 지으며 입을 열었다.

"미국의 '비호'를 받으면 불가능한 것은 없습니다."

의미심장하게 느껴지는 말이었다.

그는 성준을 전용기까지 안내했다.

"도착했습니다."

"생각보다 작네요."

전용기라는 말을 들었을 때 예상은 했지만 과연 미국까지의 비행을 버틸 수 있을지 의심스러울 정도로 작았다.

"거기 아닙니다. 좌측입니다."

요원의 말에 성준은 작은 비행기 좌측으로 시선을 옮겼다. 그곳에는 한눈에 담을 수 없을 정도로 큰 항공기가 있었다.

"맙소사……."

"미국 대통령 전용기인 에오포스 원과 동일한 기종입니다. 한국에서 저희가 보유한 전용기 중에서 가장 큰 겁니다."

요원은 성준을 보며 미소를 지어 보였다. 전용기라고 해서 작은 항공기를 예상한 성준은 얼떨떨했다.

"생각보다 크네요."

성준은 솔직한 감상을 내뱉었다.

그는 요원을 향해 시선을 옮겼다.

"이게 저를 위해서 움직인다는 거죠?"

"그렇습니다. 오직 강성준 씨, 단 한 사람만을 위해서 이륙할 예정입니다."

"굉장하군요."

"미국의 원조를 잊지 말아주시길 바랍니다."

"전 그런 몹쓸 놈 아닙니다."

성준의 대답을 들은 요원은 고개를 끄덕인 뒤, 먼저 계단을 오르며 입을 열었다.

"객실까지 안내하겠습니다."

항공기 내부는 넓었고 개인실까지 갖춰져 있었다. 성준이 머무는 개인실에선 승무원이 대기 중이었다. 아름다운 백인 여성이었는데 서툴긴 해도 한국어를 할 줄 알아서 안심이었다.

항공기가 이륙했다. 비행 시간은 길었지만 개인실이 편해서 여독은 쌓이지 않았다. 공항에 착륙하고 나서도 성준은 따로 절차를 밟지 않았다.

"전용기는 강성준 씨가 모든 일을 끝낼 때까지 공항에서 대기할 겁니다."

"그래도 됩니까?"

"미국 정부의 호의라고 생각해 주시면 감사하겠습니다."

중앙헌터국의 요원이 대답했다. 호의를 거절할 이유는 없었기 때문에 성준은 흔쾌히 고개를 끄덕였다. 시간은 아낄수록 좋다고 배웠다.

"호의에 감사합니다."

"그리고 이거 받아주시겠습니까?"

요원은 성준에게 신분증 크기의 카드를 건넸다. 카드에는 의미를 알 수 없는 숫자가 적혀 있었다.

"중앙헌터국 ID 카드입니다. 신분증 대신 사용할 수 있고 중앙헌터국이나 미국 정부의 공권력 지원을 받을 수 있습니다."

"일단은 감사히 받겠습니다."

성준은 ID 카드를 받아서 지갑에 챙겨 넣었다. 챙겨두면 쓸일이 있을 것 같았다.

전용기에 이어서 공권력 지원까지! 미국이 성준에게 얼마나 호의적인지 알 수 있는 부분이었다.

'러시아 정보국의 기밀 파일에 중요한 내용이라도 들어 있었나……?'

성준은 생각했다.

그는 얼마 전에 러시아 정보국과 마찰이 있었을 때 그들의 거점을 공격하면서 습득한 모든 기밀 파일을 미국에 팔았다. 아무래도 미국 정부나 중앙헌터국이 그 기밀 서류들로 재미를 본 모양이었다.

"그럼 즐거운 '여행' 되십시오."

여행이라는 단어에 뼈가 있는 것 같았지만 성준은 미소를 지어 보인 뒤, 공항을 나와 지도를 펼쳤다.

제로스가 준 것이었는데 뉴욕에서 활동 중인 제국 특무군 조사 부대의 거점 위치가 자세하게 표시되어 있었다. 마법의 힘을 빌린 것인지 시중에서 파는 웬만한 지도보다 퀄리티가 좋았다. 뉴욕의 지리는 잘 몰랐지만, 스마트폰 지도와 대조해 보니 거점은 존 F 케네디 국제공항에서 멀지 않은 곳에 위치해 있다는 것을 어렵지 않게 알 수 있었다.

"슬슬 움직이자."

-이동 수단은 어떻게 하시겠습니까?

"근처까지 택시타고 간 다음에 걸어갈 거야."

돈은 충분히 환전했다. 귀찮게 대중 교통을 이용할 필요는 없었다. 중앙헌터국의 차량을 지원받는 방법도 있지만 성준은 행적이 드러나는 것을 원하지 않았다.

-주군⋯⋯. 택시를 타려면 이곳의 언어를 사용해야 합니다.

리슈발트가 조심스럽게 우려를 표했다.

택시 승차장을 향하던 성준의 발걸음이 멈췄다. 그는 잠깐 당황했지만 곧 평정심을 되찾았다.

"간단한 영어는 할 줄 알아."

이윽고 택시에 탑승했지만 쉽게 말이 나오지 않았다. 결국 그는 스마트폰 번역기의 힘을 빌려서 목적지 근처에 도착할 수 있었다.

근처 카페에서 주문한 커피를 마시며 목표 건물을 유심히 살폈다.

"리슈발트. 정찰할 수 있겠어?"

성준은 구석에서 스마트폰을 들어 올려 통화하는 척하면서 리슈발트에게 말을 걸었다. 목표 건물은 5층 규모였는데 제로스의 말대로라면 지상의 모든 시설은 위장이었다.

-정찰은 힘들 것 같습니다. 강력한 마력 간섭이 느껴지고 있습니다.

"나름 방비는 해둔 것 같네……."

-어떻게 할 생각이십니까?

"밤이 되면 움직이자."

성준이 말했다.

마침 근처에 호텔이 있었고 성준은 이번에도 스마트폰 번역기의 힘을 빌려서 객실을 잡았다. 넓은 객실의 침대에 누워 시간을 보냈다.

그리고 마침내 어둠이 찾아왔다.

-밤입니다.

"시간이 되었나……?"

성준은 반지 모양의 '로엘'을 검지로 쓰다듬으며 목표 건물 근처 골목길로 들어섰다.

"은신."

그의 몸이 어둠 속으로 녹아내렸다. 은신의 장막에 완전히 몸을 숨긴 조심스럽게 건물 안으로 들어갔다. 동시에 눈동자를 빠르게 움직여 주변을 살폈다. 은신을 탐색하거나 해제하는 아이템은 갖추지 않은 것 같았다.

'식은 죽 먹기네.'

성준의 입가에 미소가 번졌다.

은신 상태로 지하까지 내려갔다. 은신을 해제하거나 탐색하는 아이템이 없어서 쉽게 진입했다.

특무군 조사 부대 소속으로 보이는 이계인 2명이 지하로 가는 길을 지키고 있었지만 성준의 은신을 눈치챌 정도로 뛰어난 실력자들은 아니었다.

문도 닫혀 있었지만 기다렸다가 문이 열리는 순간을 잡아서 침투할 수 있었다.

'지휘관부터 죽인다.'

성준은 계획을 다시 확인했다.

여기는 대한민국이 아니었기 때문에 정철이 없었다. 그래서 원활한 뒤처리가 힘들었다. 중앙헌터국의 도움을 받을 수도 있겠지만 자초지종을 설명하기 귀찮았다.

'지휘관부터 시작해서 지하를 전멸시키는 거지.'

'리오딘 수정'만 조용히 빼 오는 방법도 있지만 그럴 경우 적들이 리오딘 수정이 사라졌다는 것을 눈치채는 순간 추적이 시작될 것이다.

'역시 가장 좋은 건 살인 멸구다.'

성준의 눈동자에서 살기가 번뜩였다. 지하 시설의 내부 구조는 잘 알지 못했지만 막연하게 강한 마력이 느껴지는 방향으로 발걸음을 옮겼다.

'리오딘 수정'이 강한 마력을 발산한다는 사실은 성준도 알고 있었다.

'찾았다.'

성준은 쾌재를 냈다. 긴 복도 끝에 있는 넓은 공동의 중앙에 리오딘 수정이 있었다. 그리고 수정 바로 옆에서 두 명의 남자가 밀담을 나누고 있었다. 마력의 양으로 봤을 때 둘 중 한 명이 거점 지휘관일 확률이 높아 보였다.

'일등 살수가 숨어 있네.'

육안으로는 보이지 않았지만, 은신의 장막에 숨어 있는 존재가 분명하게 느껴졌다.

'기습할까?'

슬며시 단검을 뽑아 들었지만 이내 고개를 저었다. 거점 지휘관과 간부가 나누는 대화가 흥미로웠기 때문이었다. 성준은 그들에게 몇 걸음 접근하여 귀를 기울였다.

"거점 지휘관 안펠스. 종족 연합의 원정군이 곧 온다는 말이 사실입니까?"

"벨로크 경께서도 들은 모양이군요. 사실입니다."

"원정대 선봉은 본국의 군대가 맡기로 한 거 아니었습니까?"

"모든 것은 황제 폐하의 뜻입니다. 저희로서는 알 수가 없지요."

"아무튼, 대규모 원정군이 상륙하면 뉴욕에는 피바람이 불겠군요. 이제야 뉴욕에 정을 좀 붙이나 싶었는데…… 아쉽습니다."

"저도 그렇습니다."

놀랍게도 종족 연합의 뉴욕 침공에 관한 이야기였다. 성준은 마른 침을 삼켰다.

그들이 자신감 넘치는 목소리로 대화를 나누는 것을 보니 뉴욕에 상륙할 종족 연합 원정군의 규모가 크다는 것을 짐작할 수 있었다.

"두 분, 대화 중에 죄송하지만, 침입자가 있는 것 같습니다."

어둠 속에서 검은 복면으로 얼굴을 가린 일등 살수가 모습을 드러냈다. 그는 작은 목소리로 안펠스와 벨로크에게 경고하며 주변을 살폈다. 확실하지는 않았지만 보고해야겠다고 판단한 것이었다.

"벨로크 경. 여단의 기사인 당신이라면……."

"저는 잘 모르겠습니다."

안펠스의 시선이 자신에게 향하자 벨로크는 고개를 저었다. 마력을 끌어 올려 주변을 훑어보았지만, 기척은 느껴지지 않았다.

"살수조장. 확실한 겁니까?"

벨로크가 부정하자 안펠스는 일등 살수, 조장을 보며 물었다.

"제가 잘못 감지했을 수도 있지만 조심해서 나쁠 건 없지 않습니까?"

일등 살수가 말했다. 안펠스도 납득하는 표정이었다.

-슬슬 나서야 할 것 같습니다.

리슈발트가 말했다.

이대로 놔둔다면 거점 지휘관으로 보이는 안펠스가 거점 전체에 경보를 발령할 수도 있다. 성준은 은신 상태였기 때문에 리슈발트의 말에 대답하는 대신 일등 살수를 향해 단검을 투척했다.

"적이다!"

단검을 투척하는 것과 동시에 은신이 해제되었다.

안펠스와 벨로크, 그리고 일등 살수도 기습을 눈치채고 움직였다.

"느려!"

단검이 날아오는 게 빠르지 않다는 것을 깨닫고 여유롭게 움직이는 일등 살수를 보며 성준은 비웃음을 흘리는 것과 동시에 입을 열었다.

"가속."

"커헉?"

투척된 단검에 가속이 붙었다.

일등 살수가 정신을 차렸을 땐 복부에 바람구멍이 생겨난 뒤였다. 붉은 피가 왈칵 쏟아졌다.

"무장!"

벨로크와 안펠스가 일제히 외쳤다. 그러자 그들의 몸에 무기와 방어구가 소환되었다. 벨로크라고 불렸던 여단 소속의 기사는 단창과 방패를 들고 있었고 안펠스는 평범하게 검을 쥐고 있었다.

"조장은 어서 원군을……."

안펠스는 오러를 발동하면서 말했다.

조장은 대답 대신 고개를 끄덕이며 뒤로 물러났다. 치명상을 입은 상태라서 합세한다고 해도 크게 도움이 될 것 같지 않았다. 지금 상황에서는 원군을 불러오는 게 제일 좋았다. 하지만 성준은 그를 보내줄 생각이 없었다.

"블링크."

"이, 이럴 수가!"

예상치 못한 블링크 마법으로 순식간에 거리를 좁힌 성준의 모습에 조장은 당황했다.

"제기랄!"

벨로크가 욕설을 내뱉으며 방패로 몸을 가린 채 돌진해왔다. 고속 이동술을 펼친 듯 속도가 매서웠지만 성준이 조장의 목을 베는 게 더 빨랐다.

"끄르르륵!"

목에 치명상을 입은 조장은 끔찍한 소리와 함께 쓰러졌다. 아마 숨이 끊어졌을 것이다. 성준은 한발 늦게 돌진해 온 벨로크를 노리고 환영검을 펼쳤다.

"이, 이건 로우켈의…… 크악!"

벨로크는 그것이 로우켈의 기술이라는 것을 알아차리는 것과 동시에 숨통이 끊어졌다.

"다, 당신…… 로우켈 경과 무슨 관계입니까?"

환영검을 목격한 안펠스의 태도가 이상했다. 무기를 놓지는 않았지만 공격할 의사도 없는 것 같았다.

성준은 우선 그와 대화를 나눠보기로 했다.

"로우켈 경을 알고 있나?"

"부탁드립니다. 제발 대답해 주십시오! 당신은 로우켈 경과 어떤 관계이길래…… '환영검'을……."

안펠스는 중년의 주름진 얼굴을 들어 올리며 간신히 말을 이었다. 그가 성준과 로우켈의 관계를 의심한 증거는 '환영검'의 발현이었다. 그는 기사 여단 서열 226위 출신이었다. 그래서 환영검에 대해 알고 있었다.

'방금 그건 분명히 환영검이었다…….'

너무 빨라서 모든 동작을 눈으로 보지는 못했지만 로우켈의 죽음과 함께 유실된 환영검이라는 것을 알 정도는 되었다.

"제발 말씀해 주십시오!"

성준은 그가 제국의 다른 기사들과 달리 로우켈을 존중하고 있다는 것을 어렵지 않게 알 수 있었다.

"혹시 로우켈 경께서 생존해 계시는 겁니까?"

안펠스의 목소리에서 간절함이 묻어 나왔다. 제발 살아 있다는 대답을 해달라고 애원하는 듯했다. 그런 그의 모습에서 성준은 의문을 떠올릴 수밖에 없었다.

기사 여단 서열 226위의 안펠스에 대한 희미한 기억은 가지고 있었다. 하지만 그와 특별히 접점은 없었다.

무엇보다 의문인 것은 이곳은 제국 특무군 조사 부대의 거점이었다. 여단의 기사가 지원 파견 나올 수는 있어도 거점 지휘관 자격은 조사 부대 고위 장교에게 있었다. 그리고 벨로크는 안펠스를 부를 때 거점 지휘관이라는 수식어를 붙였었다.

"그러고 보니까 리도니아 대평원 전투에서 안펠스를 본 기억이 없는데……."

-좌천당했을 수도 있습니다.

성준이 조심스럽게 혼잣말을 흘렸다. 베었다면 분명히 기억에 남아 있을 것이다.

리슈발트가 의견을 내놓았지만, 동조율이 100%가 아니었다. 그래서 기억이 살아나지 않았을 수도 있었기에 어떤 쪽으로도 확신할 수 없었다.

"나는 로우켈의 의지를 이어받았다. 방금 본 환영검이 그 중거다."

성준이 대답했다.

이제 안펠스의 반응이 중요했다. 그가 적대적인 태도를 보인다면 죽이면 되는 것이다.

-적들이 오고 있습니다.

리슈발트가 보고했다.

다수의 기척이 가까워지고 있었다. 안펠스는 기관 장치를 작동시켜서 입구를 닫아버렸다.

성준이 설명을 요구한다는 표정으로 주시하자 안펠스는 차오르는 눈물을 삼키며 입을 열었다.

"이제 잠깐의 대화를 나눌 수 있게 되었군요."

"시간이 별로 없으니까 빨리 말해주겠어?"

"제 이름은 안펠스. 여단 서열 226위 출신 기사입니다."

안펠스가 말문을 열었다.

"빨리 말해. 가서 다 죽여야 하니까."

"모든 건물의 격벽을 닫았습니다. '오러'에도 오래 버티는 특수한 성질의 격벽입니다."

"그렇군."

성준은 고개를 끄덕였다.

오러의 절삭력은 강력하지만 만능은 아니라서 견딜 수 있는 마법 처리나 재료가 존재했다.

"계속해서 말하겠습니다. 저는 여단 출신의 기사였지만 리도니아 대평원 전투 때 소집에 불응한 죄로 기사의 자격을 박탈당했었습니다."

"왜 불응한 거야? 겁이라도 났어?"

성준의 물음에 안펠스는 고개를 저었다.

"저는 겁쟁이가 아닙니다. 단지 제가 존경하는 최고 기사였던 로우켈 경에게 검을 겨누기 싫었기 때문이었습니다."

"여단의 기사가 황제의 명령을 거부해? 즉결 처형당할 중죄다."

성준은 이해할 수 없었다. 제국에서 황명을 거스른다는 것은 중죄였다.

"리도니아 대평원 전투 당일 소집에 불응했던 기사들의 수는 여단을 포함해서 수천 명이 넘습니다. 그들을 모두 처형하는 것은 강대한 제국이라고 해도 무리였습니다."

성준, 그러니까 로우켈과 리슈발트는 모르는 사정이었다. 로우켈은 존경받는 기사였고 그에게 검을 겨눌 수 없다는 이유로 소집에 불응했던 기사들은 매우 많았었다.

모두 처형했다가는 걷잡을 수 없는 상황으로 번질 우려가 있기 때문에 제국에서는 직위 박탈 이상의 처분을 내리지 못했다.

물론 그들 중에서는 단순히 로우켈에게 검을 겨누기 싫다는 이유뿐만이 아니라 종족 연합을 증오한다는 그의 사상에 동조하는 이들도 많이 있었다.

-제로스 경에게 물어보면 잘 알고 있을 것 같습니다. 안펠스의 신뢰 여부는 그때 결정해도 늦지 않을 것 같군요.

리슈발트가 말했다.

성준은 대답 대신 아주 작게 고개를 끄덕였다.

"직위 해제당했으면 어떻게 복귀한 거지?"

성준의 질문에 안펠스는 차분한 표정으로 입을 열었다.

"제국의 사정이 나빠지면서 부름을 받았습니다. 물론 여단에 복귀하지는 못했고 이렇게 조사 부대의 거점을 맡게 되었습니다."

"제국의 사정이 좋지 않아?"

안펠스는 고개를 끄덕였다.

"그렇습니다. 당신이 정말 로우켈 경의 의지를 이어받았다면 협조하겠습니다."

"좋아, 그럼 일단 질문에 대답해."

"알겠습니다."

"간단하게 할게. 오늘 종족 연합의 뉴욕 상륙이 예정되어 있어?"

가장 중요한 문제였다. 그게 사실이라면 중앙헌터국에 당장 알려야 했다. 레이드 범위가 넓어지고 결국 미국이 무너진다면 지구는 순식간에 점령당하고 말 것이다.

"네. 오크 부족장 칼레아크가 이끄는 대군이 뉴욕에 상륙할 예정입니다. 저희 쪽에서 입수한 정보에 따르면 이미 차원 균열을 '확보'했다고 합니다. 24시간 안에 뉴욕 전역에 차원 관문이 열릴 겁니다."

"위치는?"

"유감스러운 일이지만 그건 저도 모릅니다."

안펠스는 안타깝다는 표정으로 고개를 저었다.

그는 조사 부대의 고위 장교이며 거점 지휘관이었지만 종족 연합의 일은 자세히 알지 못했다. 공격이 있다는 사실도 전달받은 지 얼마 되지 않았다.

"오늘 공격으로 침공 계획이 본격적으로 시작될 것 같습니다."

"그렇게는 안 될 거야."

성준의 눈동자가 날카롭게 빛났다.

그는 리오딘 수정을 집어 들었다. 안펠스는 성준을 저지하지 않았다.

"내가 다 죽일 거니까."

3장
정의로운 방패

"퇴로는 제가 확보하겠습니다."

"괜찮겠어?"

성준이 물었다.

마음 같아서는 거점의 병력을 직접 쓸어버리고 싶었지만 그렇게 되면 중앙헌터국에 위험을 경고할 시간이 부족할지도 몰랐다.

"걱정하지 않으셔도 됩니다. 잠입하면서 보셨겠지만, 거점의 주요 전력은 조금 전의 일등 살수와 벨로크 경이 전부입니다. 나머지는 제 선에서 처리할 수 있습니다."

언제나 최전선에서 정보를 수집하는 조사 부대원들의 전투력도 만만한 수준은 아니었지만 안펠스는 목소리에서는 자신감이 넘쳤다.

"제가 실력이 부족해서 좌천된 게 아니라는 것을 기억해 주셨으면 합니다."

안펠스가 말했다.

성준은 안펠스가 기사 여단 서열 226위 출신이라는 것을 상기했다. 그렇게 하니 조금 안심할 수 있었다.

"그럼 뒷일을 부탁하겠다."

성준은 '리오딘 수정'을 차원 주머니에 넣으며 말했다.

안펠스는 고개를 끄덕이며 마법진을 조작했다. 그러자 벽이 열리고 좁은 통로가 나타났다.

"저만 알고 있는 비밀 통로입니다. 외부와 연결되어 있습니다."

-정찰을 다녀오겠습니다.

말없이 리슈발트에게 시선을 보냈다.

아직 안펠스를 완전히 신뢰할 수는 없기에 리슈발트를 정찰 보내려는 생각이었다. 성준의 의도를 눈치챈 리슈발트는 정찰을 갔다가 3분 만에 돌아왔다.

-외부와 연결되어 있습니다. 함정이나 매복은 없었습니다.

리슈발트의 보고를 들은 뒤에서야 성준이 움직였다. 그가 비밀 통로로 들어서자 안펠스는 입구를 폐쇄하기 위해 마법진을 조작했다.

"성함을 알고 싶습니다."

"살아남으면 알려주겠다'라고 말하고 싶지만, 그냥 말해줄

게. 내 이름은 강성준이다."

"다시 만나기를 간절히 기원합니다."

문이 완전히 닫히자 통로에 설치된 마법등이 켜졌다.

성준은 비밀 통로를 따라 걸었다. 빠른 걸음으로 5분쯤 걷자 출구가 나타났다. 밖으로 나오자 뉴욕의 뒷골목이 모습을 드러냈다.

조사 부대의 거점에서 들려오는 희미한 전투의 소음이 성준의 귓가로 파고들었지만, 일반인들에게는 들리지 않을 정도였다.

-여기는 안펠스에게 맡기는 게 좋을 것 같습니다.

"그래. 그게 좋겠지."

리슈발트의 말에 성준도 동의했다.

성준 서둘러 거점에서 멀어졌다. 그리고 스마트폰을 꺼내서 제니퍼에게 전화를 걸었다.

-뉴욕에 도착하셨나 보네요?

"지금 안부나 주고받을 때가 아닙니다."

-무슨 일 있으셨습니까?

성준의 목소리에서 다급함이 느껴지자 제니퍼도 심각해졌다.

"뉴욕에 SS급 이상의 대규모 레이드 상황이 발생할 겁니다."

-확실한 정보입니까?

"확실합니다."

-상부에 보고해야겠습니다. 제가 다시 연락 드리겠습니다.

대규모 레이드 상황이 발생하면 주 방위군이 움직이게 된다. 하지만 제니퍼에게는 관련 권한이 없기 때문에 상부에 보고할 필요가 있었다.

"이제 시간이 문제네……."

성준은 하늘을 올려다보며 중얼거렸다.

성준과 통화를 끝낸 제니퍼는 미국내 레이드 상황을 관리하는 베타 본부 건물로 건너갔다. 중앙헌터국의 각 본부 건물들은 도보로 이동할 수 있을 정도로 가까운 거리에 붙어 있었다.

원칙적으로는 델타 본부 소속인 그녀는 본부장인 루이스에게 보고해야 했지만 지금 그는 부재중이었다.

"제니퍼 요원? 베타 본부에는 무슨 일이에요?"

보안 검색대를 맡은 요원이 친한 척 말을 걸어왔다. 그는 평소 제니퍼와 알고 지낸 사이였다. 제니퍼는 보안 검색을 받으며 입을 열었다.

"급하게 보고할 일이 생겼습니다."

"문제없네요. 들어가서도 좋습니다."

제니퍼는 보안 검색대를 통과하기 무섭게 본부장실을 향해 빠른 걸음으로 이동했다.

이미 베타 본부 측 관계자한테 연락을 해두었다. 덕분에 특별한 절차 없이 베타 본부장인 에키드를 만날 수 있었다.

델타 본부 공작과 2팀의 평범한 특수요원 시절이었다면 타 본부의 수장을 이렇게 쉽게 만날 수 없었을 테지만 강성준의 전담 요원이 되면서 직위가 다소 상승하여 과장급 대우를 받고 있었다.

"제니퍼 요원? 무슨 일이십니까?"

본부장실에 들어서기 무섭게 질문을 던진 사람은 A급 보조계 헌터이자 베타 본부장을 맡은 에키드였다. 그는 시간이 많은 편이 아니었다.

"뉴욕에 최소 SS급 이상의 대규모 레이드 상황이 발생할 것이라는 정보를 입수했습니다."

"그 정보…… 어디서 들었습니까?"

에키드의 얼굴에서 귀찮은 기색이 사라졌다. 그는 놀란 표정이 되어 질문했다.

"뭔가 알고 계신 겁니까?"

제니퍼는 마른침을 삼켰다. 에키드의 반응을 보니 성준이 한 주장이 터무니없는 것은 아니라는 사실을 알 수 있었다.

"관측국에서 차원 균열을 발견했다는 보고가 올라왔습니다. 알고 있겠지만 차원 균열은 레이드 상황의 징조가 되기도 합니다."

제니퍼는 고개를 끄덕였다. 그녀도 헌터였기 때문에 차원 균열에 대한 상식을 조금은 알고 있었다.

"차원 균열을 관측했다면 왜 레이드 경보를 울리지 않은 겁니까?"

"레이드 상황으로 발전하기에는 균열이 너무 미약하다고 판단했습니다."

레이드 경보를 발령할 때는 신중해야만 했다. 한 번 발령되면 해당 구역에 군대가 배치되고 모든 민간인의 피난이 시작되기 때문에 경제적인 손해가 엄청나다.

베타 본부 관측국이나 대한민국의 던전 관리국 레이드 상황실과 같은 전문 기관에서는 우수한 인재들을 두고 차원 균열을 감시하지만 확실하지 않으면 레이드가 발생하기 직전에 경보를 발령하는 경우가 많았다.

"제니퍼 요원. 정보의 출처가 어디입니까?"

"대한민국의 SS급 헌터 강성준입니다."

"강성준이 어떻게 알았는지는 모르겠지만 이대로 가만히 있을 수는 없군요."

에키드는 전화기를 들어 올렸다.

SS급 헌터씩이나 되는 성준이 아무 생각 없이 근거 없는 정보를 건넬 리는 없을 것이라 생각했다. 공교롭게도 실제로 차원 균열이 발생하기도 했고 조치를 할 필요가 있어 보였다.

"지금부터 레이드 상황을 선포하고 경보를 발령하겠습니다.

제니퍼 요원은 강성준 씨에게 지원을 요청해 주시겠습니까?"

"지원이 필요한 상황입니까?"

"네. 공교롭게도 지금 뉴욕 근처에는 SS급 헌터가 한 명도 없습니다."

뉴욕 근처에 SS급 헌터가 한 명도 없는 상황에서 종족 연합 원정군의 상륙이 예정되어 있는 것은 절대 우연이 아니었다. 중앙 헌터국에서는 눈치채지 못했지만, 제국 측이 공작한 결과였다.

"제니퍼 요원. 당신에게 전권을 위임하겠습니다. 강성준의 도움이 필요합니다."

"최선을 다하겠습니다."

제니퍼가 대답했다.

에키드는 만족스러운 표정으로 고개를 끄덕였다. 그리고 전화기를 귓가로 가져가며 입을 열었다.

"레이드 상황을 선포합니다."

레이드 상황이 선포되고 경보가 발령되었다. 주 방위군이 시내로 진입했으며 헌터들이 소집되었다. 선진국답게 헌터들이 소집되는 데 걸리는 시간도 빨랐다.

소란스러운 와중에 성준은 제니퍼에게서 걸려온 전화를 받왔다.

-강성준 씨? 뉴욕에 레이드 상황이 선포되었습니다.

"지금 확인했습니다."

성준이 대답했다.

전투기가 하늘을 가르고 무장한 군인들이 도로 통제를 시작했다. 누가 봐도 곧 레이드가 시작될 것이라는 사실을 알 수 있을 정도였다.

-강성준 씨. 현 상황을 설명 드리겠습니다.

제니퍼는 뉴욕과 그 주변에 SS급 헌터가 없다는 것을 성준에게 알렸다.

그녀의 설명을 들은 성준은 눈살을 찌푸렸다.

'노린 건가?'

확신할 수는 없었지만, 종족 연합이 이 상황을 유도한 것이라면 소름이 돋는 일이었다. 성준이 마른침을 삼키는 동안 제니퍼는 설명을 끝냈다.

-가장 가까운 SS급 헌터는 2시간 거리에 있습니다. 미국은 강성준 씨의 도움이 필요합니다.

2시간이면 격전지가 확대되고도 남을 시간이었다. 성준의 말대로 SS급 레이드 상황이라면 소집된 S급 헌터들만으로는 보스를 사냥하기 힘들다. 설령 처리한다고 해도 S급 헌터들의 피해가 막심할 것이다.

성준의 도움은 반드시 필요했다.

"제가 도와준다면 미국은 제게 무엇을 해줄 수 있습니까?"

성준이 물었다.

제국과 종족 연합을 저지하는 것은 숙명과도 같았지만, 이득을 취할 수 있다면 그렇게 하는 게 옳았다.

-당장 정해진 것은 없지만 강성준 씨의 요구에 최대한 맞춰드릴 수 있습니다.

"그 정도면 충분합니다."

충분한 대답이었다. 성준의 입가에 미소가 번졌다. 미국은 약속을 지킬 것이다.

"협력하겠습니다."

-차원 관문이 열리면 본진이 상륙하는 곳을 막아주시길 바랍니다. 베타 본부 소속의 레이드 기동대와 주 방위군이 강성준 씨를 지원할 예정입니다.

"든든하네요."

-헬기가 대기하고 있는 곳으로 좌표를 보내드리겠습니다.

통화가 끝나기 메시지가 도착했다. 성준은 메시지에 적혀있는 좌표로 이동했다.

이름을 모르는 공원의 중앙에서 치누크 헬기 1대와 레이드 기동대원들이 대기하고 있었다. 상공에서는 공격 헬기 편대가 대기 중이었다.

"반갑습니다. 강성준 씨. 저는 지원 임무를 맡은 레이드 기동대의 팀장 이든이라고 합니다."

금발의 헌터가 다가와 반갑게 인사를 건넸다. 통역 마법을 사용 중이라는 사실을 어렵지 않게 알 수 있었다.

-S급 헌터입니다. 복장을 보니까 마법계가 분명하군요.

리슈발트가 말했다.

"강성준입니다. 잘 부탁합니다."

인사를 주고받기 무섭게 강한 마력 반응이 퍼져 나가더니 하늘에서 차원 관문이 열리고 거대한 비공정이 천천히 모습을 드러냈다. 지상에서도 차원 관문이 열렸고 마물이 쏟아져 나왔다. 주 방위군은 그들의 진격을 조금이라도 늦추기 위해 모든 화력을 동원해 공격을 시작했다.

"강성준 씨! 지금 이동하셔야 할 것 같습니다!"

이든이 다급하게 외쳤다.

성준이 기동대원들을 따라 치누크 헬기에 탑승하는 것을 확인한 그는 마력을 끌어 올리며 입을 열었다.

"플라이!"

시동어와 함께 그의 몸이 떠올랐다. 뒤이어 헬기가 이륙했다. 프로펠러가 돌아가는 요란한 소리가 주변은 잠식하는 가운데, 이든이 입을 열었다.

"저희 기동대가 작전 지역까지 엄호하겠습니다!"

동시에 그는 헬기 조종사에게 수신호로 지시를 내렸다. 성준이 탑승한 치누크 헬기는 공격 헬기 편대의 지원을 받으며 가장 큰 차원 관문이 열린 곳으로 나아갔다.

"적이 이미 대공 저지선을 구축했습니다!"

"고도를 올려!"

기장과 부기장의 대화를 들을 수 있었다.

긴박한 분위기가 감돌았다. 오크 무리를 완성한 대공 저지선 탓에 저공비행은 힘들었다. 기장은 짧은 고민 끝에 고도를 올렸다.

공격 헬기 2대가 치누크의 고도 상승을 지원하다가 공격 주술에 타격 당해서 추락했다. 검붉은 연기를 내뿜으며 지상에 추락한 공격 헬기 주변으로 오크들이 몰려들었다. 다급하게 지원을 요청하는 목소리가 들려오는 것 같았지만 기장은 고개를 저었다.

"이대로 전진한다. 우리의 목표는 강성준 헌터님을 '근원'으로 인도하는 것이다."

기장이 말에 그 누구도 반박하지 못했다.

"전방에 오크 와이번 라이더다!"

누군가 외쳤다.

오크 와이번 라이더는 A급 마물로 폭발 투창을 사용하기 때문에 헬기에게 위협적인 적이었다.

성준은 조종석 쪽으로 이동하여 전방으로 시선을 옮겼다. 편대를 향해 이동 중인 오크 와이번 라이더의 수는 30마리가 넘었다. 위협적인 모습이었다.

성준은 눈에 마력을 집중시켜서 시력을 일시적으로 강화시켰다. 안장에는 투창이 걸려 있었는데 폭발 마법이 각인된 게 분명했다. 한 방이라도 헬기가 피격당한다면 연쇄 폭발로 끔찍한 최후를 맞이할 것이다.

"너무 걱정하지 마십시오! 이든 헌터님이 다 처리해 주실 겁니다!"

공격 헬기 편대가 전멸하는 상황에서도 부기장은 절망하지 않았다. 그들에게는 S급 헌터 중에서도 유망주인 이든이 있었다. 그는 치누크를 향해 날아오는 오크 와이번 라이더들을 보며 치누크의 앞을 막아섰다. 그 모습이 마치 성문을 지키는 수문장 같았다.

"제가 부여받은 임무는 강성준 씨가 '핵' 역할의 차원 관문에 도달할 때까지 전력의 손실이 없게 하는 것입니다. 이곳은 제가 처리하겠습니다."

그렇게 말하며 이든은 두 손을 들어 올렸다. 마력을 끌어 올리며 나지막이 '변형'이라는 단어를 내뱉자 반지가 빛을 내뿜더니 스태프가 되었다. 동시에 그는 마법을 캐스팅했다.

"윈드 커터."

푸른 창공을 뒤덮은 바람의 칼날은 수십을 넘어서 수백 개에 달했다.

-멀티 캐스팅입니다. 그것도 한 번에 15개 이상의 윈드 커터를 캐스팅한 것 같습니다.

리슈발트가 감탄사를 내뱉었다.

멀티 캐스팅은 더블 캐스팅보다 상위의 기술이었다. 상당히 까다로운 기술이었기 때문에 마법적 재능이나 센스가 뛰어난 이들만 사용할 수 있었다. 물론 멀티 캐스팅도 한 번에 몇 개의 마법을 캐스팅하느냐에 따라서 수준이 차이가 나는데 성준이 보기에도 이든의 재능은 범상치 않았다.

'나준열보다 재능 있는 것 같네.'

성준의 개인적인 생각이었다.

그가 잠시 다른 생각을 하는 동안 오크 와이번 라이더들은 이든이 쏘아낸 윈드 커터에 조각나서 허공에 피를 흩뿌리고 있었다.

"점점 더 몰려옵니다!"

이든은 뛰어난 마법계 헌터였지만 몰려드는 마물들의 수가 너무 많았다. 공중에서는 오크 와이번 라이더 수십 마리가 추가로 날아오고 있었고 지상에서도 100마리 이상의 마물이 몰려오고 있었다.

"이 정도면 충분합니다. 강하하겠습니다."

"하지만…… 헌터님! 아직 차원 관문까지는 거리가 멀고 주변은 적들이 완전히 장악한 상황입니다!"

당장 강하하겠다는 성준의 말에 기장이 우려를 표했다. 격전지 깊숙한 곳까지 침투했기 때문에 주변은 마물 무리로 가득했다.

"상관없어요. 여기서부터는 제가 혼자서 처리하겠습니다. 기동대와 함께 돌아가세요."

성준은 기장의 대답을 듣지도 않은 채 헬기 밖으로 뛰어내렸다. 제법 높았지만, 그는 SS급 헌터였기 아무런 부상 없이 안정적으로 착지했다. 그런데 돌아갈 것이라고 생각했던 기동대원들이 성준을 뒤따라 헬기에서 줄줄이 뛰어내렸다.

마지막으로 이든이 오크 와이번 라이더들을 모두 정리한 뒤, 내려오며 입을 열었다.

"돌아갈 수는 없습니다. 저희는 이번 작전에서 강성준 씨를 지원하라는 지시를 받았으니까요."

성준은 고개를 저었다.

이든의 고집을 꺾는 것은 힘들어 보였고 격전지 한가운데에서 시간을 낭비하고 싶지도 않았다.

"뒤처지지 마세요."

"최선을 다하겠습니다."

이든은 자신감 넘치는 목소리로 대답했다. 성준은 대답 대신 고개를 끄덕인 뒤, 강대한 마력이 느껴지는 방향으로 달리기 시작했다.

이든과 기동대원들도 성준을 뒤따라 달렸다. 보조계 헌터가 시전한 헤이스트 버프 덕분에 낙오자는 발생하지 않았다.

격전지 깊숙한 곳에 투입되었지만 처음 10분간은 성준이 잘 피해 다닌 덕분에 마물 무리와 조우하지 않았다. 그러나 얼마 지나지 않아서 마물들은 포위를 시작했고 전투를 피하지 못하는 상황이 찾아왔다.

-오크 검성이 16마리에 부족장이 하나입니다. 그리고 무리의 규모는 300마리 이상입니다!

리슈발트가 서둘러 적의 전력을 보고했다. S급인 검성이 16마리면 결코 작은 전력이 아니었다. 심지어 SS급에 해당하는 오크 부족장이 하나 섞여 있었다.

차원 관문에서 떨어져 행동하는 것으로 보아 보스는 아닐 것이다. 그렇다면 SS급 중에서도 하위 티어일 가능성이 컸다. 하위 티어라고는 해도 적은 SS급 마물이다. 방심할 수는 없었다.

"저희가 길을 열겠습니다!"

이든의 목소리가 귓가를 때렸다.

그가 앞으로 나서면서 스태프를 휘두르자 붉은 화염의 폭풍이 오크 무리를 집어삼켰다.

"크워어어!"

대부분의 오크들이 화염 폭풍에 휩쓸렸지만, 부족장과 검성들은 검을 휘두르며 불길 속을 뚫고 나왔다. 피부가 조금 그

을렸을 뿐 화상 자국조차 찾아볼 수 없었다.

"검성들을 부탁합니다. 오크 부족장을 처리하는 대로 돕겠습니다."

"최선을 다하겠습니다."

이든은 긴장한 목소리로 대답했다.

SS급인 부족장을 성준이 맡는다고 해도 S급 오크 검성들의 수가 16마리였다. 하지만 이곳에 모인 기동대원 중에서 S급은 이든이 유일했다.

"검성들의 수를 조금 줄여두겠습니다."

성준은 앞으로 달려 나가며 리슈발트에게 마력을 전달했다.

-죽어라! 마물 놈들아!

마력을 전달받은 리슈발트가 앞으로 나서며 검을 휘둘렀다. 오크 검성 하나가 기습에 당했다.

"커헉!"

그는 목에서 피를 쏟아내며 쓰러졌다. 성준은 그들의 진형을 돌파하면서 검을 휘둘러 오크 검성을 3마리 더 베었다.

오크 부족장과의 거리가 순식간에 줄어들었다. 그는 녹색 피부의 험상궂은 오크 부족장은 커다란 대검을 양손에 들고 있었다.

성준이 다가오자 그는 2개의 대검을 교차시켜 강력한 오러를 일으켰다. 대검에 깃든 오러는 모든 것을 베어버릴 듯 위협적이었다.

"지구에 온 것을 환영한다."

"이계어를 할 줄 아는 것이냐?"

오크 부족장은 성준이 능숙하게 이계어를 구사하는 모습을 보고 신기한 표정을 지었지만, 그것도 잠깐이었다. 그는 성준을 노려보며 대검을 휘둘렀다.

오러 참격이 쏟아지는 것과 동시의 그의 몸이 총탄처럼 성준을 노렸다. 참격을 막아내면 오크 부족장의 대검이 급소를 노릴 것이다. 반대의 경우에는 오러 참격에 당할 게 분명했다. 하지만 막아낼 방법이 없는 것은 아니었다.

'최선의 방어는 공격이다.'

'참검'으로 오러 참격과 함께 오크 부족장을 베어버리면 되는 것이다. 성준은 피하지 않았다. 오히려 고속 이동술을 펼쳐서 순식간에 거리를 좁히며 '참검'을 사용했다.

"커헉?"

차원마저 자르는 강력한 일격에 오러로 만들어진 참격은 물론이고 오크 부족장의 대검과 함께 상체를 그었다.

"그리고 지구에 온 것을 환영한다."

오크 부족장의 상체에 붉은 실선이 생기더니 쩌억 하고 벌어지면서 힘없이 바닥에 떨어져 뒹굴었다. 상체를 잃은 하체는 붉은 피 분수를 쏟아내며 힘없이 쓰러졌다.

"이, 이럴 수가! 오크 부족장을 한 방에?"

어떤 기동대원이 경악했다. 너무나 빨라서 과정을 보지는 못했지만 무슨 일이 벌어졌는지는 확실하게 알 수 있었다. 무려 SS급 마물인 오크 부족장이 '일격'에 죽음을 맞이한 것이었다.

"흡수."

성준은 오크 부족장의 시체에서 체력과 마력을 흡수했지만 '참검'의 사용으로 인한 마력 소모는 완전히 회복되지 않았다.

-동조율이 62%가 되었습니다.

리슈발트가 보고했다.

'역시 참검은 자주 사용할 만한 기술이 아니야……'

참검은 환영검보다 마력 소모가 심해서 낭비하면 안 되는 기술이었다. 이번에는 이든과 기동대의 피해를 최소화하기 위해 사용할 수밖에 없었지만 가급적이면 아껴야 한다고 생각되었다.

"크악!"

"쿨럭!"

고통에 찬 비명이 터져 나왔다. 이든이 지휘하는 20명의 기동대원 중에 절반이 쓰러져 있었다.

당연한 결과였다. 그들과 싸운 적들은 수도 많았고 정예들이었다. S급인 오크 검성이 10마리가 넘었으니 더 이상의 설명이 필요 없었다.

"힐!"

아직 숨이 붙어 있는 이들이 있었다. 성준은 망설임 없이 마력을 소모해서 그들을 치유했다. 중상이 대부분이었지만 SS급 회복계 헌터인 성준의 압도적인 힐량 앞에서 순식간에 회복되었다. 쓰러져 있던 기동대원 몇 명이 완전히 회복되어서 다시 무기를 들었다.

"돕겠습니다!"

성준이 고속 이동술을 펼쳤다. 그의 움직임은 번개와도 같았다.

"큭!"

"으악!"

성준이 검을 휘두르는 순간 잔상이 남았다. 그럴 때마다 오크 검성이 한 마리씩 쓰러졌다. 마침내 5분 만에 오크 검성들이 전멸했다. 성준은 이든을 향해 고개를 돌렸다.

"이든 씨! 광역 마법 부탁합니다!"

오크 부족장에 이어 검성들까지 전멸한 탓에 마물 무리는 동요하고 있었다. 지금 상황에서 이든이 강력한 광역 마법을 퍼붓는다면 그들을 쫓아낼 수 있을 것이다. 차원 관문까지는 아직 거리가 조금 남아 있었기 때문에 체력과 마력을 최대한 아끼는 게 좋았다.

"블리자드!"

성준과 기동대원들이 마물 무리를 상대하는 동안 이든은 블리자드를 완성했다.

얼음 폭풍이 마물 무리를 휩쓸었다. 100마리 이상의 마물이 목숨을 잃었고 나머지도 혼란 속에서 흩어져 도망쳤다.

"이동하겠습니다!"

성준은 이든과 기동대원들을 재촉했다. 시체를 수습하지 못해서 안타까웠지만 어쩔 수 없었다. 이든도 지금 상황에서는 차원 관문을 파괴하는 게 가장 중요하다는 것을 알기 때문에 토를 달지 않았다.

이윽고 그들은 차원 관문 근처에 도달했다. 주둔지를 세우고 있던 마물 무리가 차원 관문을 지키기 위해 몰려나왔다.

-핏빛 바람 부족입니다. 리도니아 대평원 전투에서 부족장 바랄로드가 주군께 죽었을 겁니다. 아마도 칼레아크가 부족장을 이어받았을 것 같군요.

이계와 연결된 관문에 꽂혀 있는 깃발은 종족 연합에 소속된 '오크'의 주력을 이루고 있는 부족 중 하나인 '핏빛 바람'의 것이었다.

"우리 대군에게 맞서는 것은 고작 13명이냐?"

우렁찬 목소리와 함께 글레이브를 든 오크가 나타났다. 등에 부족의 깃발을 꽂고 있는 오크는 리슈발트의 예상대로 칼레아크였다.

과거에는 '대전사' 직위에 있었지만 리도니아 대평원 전투에서 로우켈에게 살해당한 바랄로드를 대신해 부족장이 된 모양이었다.

"우리는 13명뿐이지만 네놈의 머리를 박살 내는 데에는 충분할 거다."

"우리들의 언어를 알고 있나? 가끔 그런 놈이 있다고는 들었지만 직접 보니까 별나군."

칼레아크는 입꼬리를 끌어 올렸다.

"뭐, 상관없겠지. 어차피 죽을 테니까."

"거기까지."

칼레아크가 글레이브를 들어 올린 순간이었다. 맑은 목소리가 울려 퍼지는 것과 동시에 거대한 마력의 유동이 감지되었다.

하늘에서 벼락이 떨어졌다. 그것도 아주 거대한.

콰앙!

폭음과 함께 수백의 오크가 '소멸'했다. 아니, 그런 것처럼 보였다. 사실은 순식간에 재가 되어 사라졌기 때문에 그렇게 보인 것이었다.

"제기랄!"

칼레아크가 욕설을 내뱉었다. 그는 푸른 전격이 지상에 직격하기 직전에 고속 이동술을 펼쳐서 살아남을 수 있었다.

위에서 강한 마력 반응이 느껴졌다. 조금 전까지만 해도 고요한 밤바다 같았지만, 지금은 쓰나미가 몰려온 것처럼 공기가 요동칠 정도로 강대한 마력의 유동이었다.

"나는 분명 '거기까지'라고 말했다. 오크야."

조금 전에는 제대로 듣지 못했었지만 이번에는 선명하게 들렸다. 이계어가 확실했다.

그녀는 경고와 함께 피로 얼룩진 도로 위에 착지했다.

"다, 당신은……."

이든의 목소리가 떨렸다. 그는 그녀가 누구인지 알고 있었다.

"레이아…… 씨……."

20마리 이상의 오크 검성이 포함된 수백의 마물 무리를 일격에 쓸어 버릴 때부터 예상했던 대로 이든의 입 밖으로 나온 이름은 전 세계 유일의 SSS급 헌터의 이름이었다.

"이, 인간 놈이!"

"시끄러워."

레이아는 무표정한 얼굴로 귀찮다는 듯 스태프를 들고 휘저었다. 그러자 마력의 파장과 함께 오러를 머금은 칼날 폭풍이 칼레아크를 덮쳤다. 칼레아크가 마력 반응을 감지했을 때는 이미 늦고 말았다. 날카로운 오러를 머금은 바람이 그의 전신을 스쳐 지나가고 있었으니.

아찔한 통증이 전해졌을 땐 이미 왼팔과 오른쪽 다리가 잘려 나간 뒤였다.

"캐스팅 속도가 엄청나게 빠르네. 이게 SSS급 헌터인가?"

성준이 놀랄 정도로 캐스팅 속도가 빨랐다. 그 모습을 본 리슈발트는 희미한 미소를 지은 채 입을 열었다.

-잊으셨습니까? 주군께서는 더 강하셨습니다.

과거를 회상하게 만들기에 충분한 한 마디에 성준도 미소를 지을 수 있었다.

"고맙다."

두 사람이 대화를 나누는 동안 레이아는 전격 마법을 사용해 칼레아크를 공격하고 있었다. 그는 레이아의 연쇄적인 고속 캐스팅을 감당하지 못했다. 쉬지 않고 휘몰아치는 전격의 폭풍에 결국 새까맣게 타버린 채 쓰러지고 말았다.

"흐응."

레이아는 전격 마법을 한 번 더 사용하여 칼레아크의 숨통이 완전히 끊어진 것을 확인한 뒤, 성준을 향해 고개를 돌렸다.

"강성준 씨?"

한국어였다. 주변에서 느껴지는 마력의 유동은 그녀가 통역 마법을 사용하고 있다는 사실을 알려 주었다.

"네. 접니다."

"우선 고마워. 당신이 미리 위험을 경고해 주지 않았다면 내가 지금 뉴욕에 도착하지 못했을 고야."

그녀는 미국 정부의 요청으로 어떤 비밀스러운 일을 시작하려는 순간에 중앙헌터국의 긴급 연락을 받고 뉴욕으로 온 것이었다. 만약 그 일이 진행되었다면 중간에 빠져나오기 힘들었을 것이다.

"하고 싶은 말이 많지만 일단 차원 관문부터 처리할게."

레이아는 말을 마치기 무섭게 차원 관문을 유지하고 있는 수정을 파괴했다. 이든은 해당 차원 관문을 통해 넘어온 마물들이 모두 역소환 되었다는 보고를 받았다.

"이든 씨. 다른 차원 관문은 어디에 있습니까?"

이든이 성준의 말에 대답하기 위해 지도를 들어 올린 순간이었다. 레이아가 손을 들어 그를 제지하며 입을 열었다.

"그럴 필요 없어."

"차원 관문을 놔두면 격전지가 확대될 텐데……."

성준은 눈살을 찌푸렸다.

"지금부터는 여기는 내 길드가 접수할 거야."

미국 랭킹 1위 길드 '위치'의 헌터들이 뉴욕에 대거 모습을 드러냈다.

✤

뉴욕의 상황은 정리되었다. 성준이 숙박하고 있는 호텔에 제니퍼가 찾아와서 레이드 정산금이 정상적으로 지급될 거라고 말해주었다.

레이드 종료 후, 3일째 되는 날이었다. 성준은 안펠스의 보안 연락처로 전화를 걸었다.

"강성준이다."

-뉴욕 레이드에서 활약하셨다고 들었습니다. 역시 대단하십니다.

안펠스가 말했다. 보스에게 치명적인 일격을 가한 헌터는 SSS급의 레이아였지만 성준이 활약한 것 또한 사실이었다.

"만났으면 하는데…… 시간 괜찮나?"

제국의 현 상황에 대해 듣고 싶었다.

제로스가 제국 내부에 연결 끈이 있다고는 하지만 도주 중이기 때문에 자세한 정보를 전달받기 힘들었다. 하지만 얼마 전까지만 해도 제국 특무군으로 복무했던 안펠스라면 고급 정보를 많이 알고 있을 것이다.

-얼마 전에 '해고'당해서 시간은 넉넉합니다.

"그래……?"

성준은 입가에 쓴 웃음을 머금었다. 안펠스가 말하는 '해고'의 의미를 알 것 같았다.

그가 살아 있다는 것은 거점이 전멸했다는 것을 의미한다. 성준에게 협조했다는 사실이 발각되지 않더라도 제국의 처벌을 피하기 힘들었을 것이다.

"뒤처리는 어떻게 했어?"

-곧 특무군에서 조사를 시작하면 밝혀지겠지만 그 전까지

저는 죽은 사람입니다.

당분간 추격자가 붙지 않을 거라는 말이었다. 그를 만날 때 문제되는 것은 없어 보였다.

"내일 오후 2시다. 약속 장소를 정하고 메시지로 위치를 보내."

성준이 말했다. 뉴욕 지리는 익숙하지 않았기 때문에 스마트폰의 지도 어플을 참고할 필요가 있었다.

-알겠습니다.

성준은 안펠스의 대답을 듣기 무섭게 전화를 끊었다. 이윽고 스마트폰으로 장소의 위치가 적힌 메시지가 도착했다. 성준은 스마트폰의 지도 어플을 사용해서 위치를 검색했다.

"멀지는 않네."

스마트폰 지조 어플의 힘을 빌리면 쉽게 찾아갈 수 있을 것 같았다. 하지만 예상과는 달랐다.

다음 날 그는 자신감 넘치는 표정으로 호텔을 나섰지만 이내 길을 잃고 말았다.

-제가 정찰을 다녀오겠습니다.

"아니, 그럴 필요 없어."

성준은 고개를 저었다. 그는 지나가는 사람들에게 어설픈 영어로 질문을 하면서 간신히 약속 장소를 찾아낼 수 있었다.

카페 안으로 들어서며 성준은 시계를 확인했다. 다행히 늦지는 않았다. 만약 일찍 출발하지 않았다면 꼼짝없이 늦고 말았을 것이다. 성준은 약속 시간에 늦는 것을 좋아하지 않았다.

주문한 커피를 받은 뒤, 자리를 잡고 앉자 그의 앞에 갈색 코트를 입은 남자가 슬며시 앉았다. 안펠스였다.

"딱 맞췄네."

약속 시간을 이야기하는 것이었다. 안펠스는 주문한 커피를 들어 올려 보이며 입을 열었다.

"저도 10분 전에 도착해서 주변을 점검하고 있었습니다."

"조심해서 나쁠 건 없지."

성준의 말에 안펠스도 고개를 끄덕이며 동조했다.

"그나저나 오늘 저를 불러주신 건 역시 제국 때문이죠?"

"그래."

"제국과 관련된 조력자가 없는 모양입니다?"

안펠스가 물었다.

"정보는 많을수록 좋으니까."

성준은 자세한 대답을 피했다. 아직 그를 완전히 신뢰할 수 없는 단계였기에 제로스의 존재에 대해 말하지 않았다. 당분간 말할 생각도 없었다.

"동의합니다. 하지만 무조건 많다고 해서 좋은 게 아니죠.

진위 여부를 가려낼 수 있는 눈도 필요합니다."

"물어보고 싶은 게 있다."

"본론으로 들어가시는 겁니까? 그럼 주변을 '차단'하겠습니다."

'차단'의 의미를 알고 있는 성준이 말없이 고개를 끄덕이자 안펠스는 작은 수정을 테이블 위에 올렸다. 대화 소리를 밖으로 새어 나가지 않게 하는 고급 아이템이었다. 주로 특무군에서 많이 사용하는 것으로 성준도 실제로 몇 번 본 적이 있었다.

지잉-

안펠스가 마력을 불어 넣자 약간의 소음과 함께 아이템이 활성화되었다.

"이제 안심하고 말씀하셔도 됩니다."

"결계는 안전한 거지?"

"이걸 간파할 정도로 수준 높은 기술을 가진 자가 접근한다면 강성준 씨가 눈치채지 않겠습니까?"

안펠스는 성준이 기사 여단 서열 231위의 벨로크와 제국 특무군 유령 부대의 일등 살수를 순식간에 처리하는 것을 보았다. 그래서 성준의 실력이 로우켈만큼은 아니더라도 자신보다 훨씬 강하다는 것을 짐작할 수 있었다.

"그렇겠지."

성준은 고개를 끄덕이며 커피를 한 모금 마셨다. 쓴맛이 강하게 느껴졌기 때문에 그는 테이블 위에 올려 두었던 설탕을

뜯어서 커피잔에 쏟아냈다.

"본론으로 들어가기 전에 저도 묻고 싶습니다. 혹, 로우켈 경께서 살아계시는 겁니까?"

안펠스가 물었다. 거점에서 처음 만났을 때 성준은 로우켈의 생존 여부에 대해서 확답을 하지 않았었다.

"그건 아냐. 하지만 그 의지는 내가 이어받았다."

"역시 그렇군요. 저는 리도니아 대평원 전투에 참여하지 않아서 혹시 살아 계신가 싶어 물어봤습니다. 실례가 되었다면 용서해 주세요."

성준은 확실하게 대답해두었다.

그러자 안펠스는 안타까운 표정으로 고개를 숙였다. 그는 로우켈의 생존을 바라고 있었던 것이다.

"끝?"

"네. 이제 저한테 질문하셔도 됩니다."

힘없는 목소리로 대답하며 커피잔을 들어 올리는 안펠스의 모습은 쓸쓸해 보였다. 하지만 질문할 게 있기 때문에 성준은 차분한 표정으로 입을 열었다.

"제국의 현재 상황에 대해 알고 싶다."

예상했던 질문이었다. 안펠스의 두 눈이 반짝였다.

"하긴…… 리도니아 대평원 전투 이후로 시간이 많이 지났죠. 제국도 많이 달라졌습니다."

"그게 무슨 말이야?"

"국가 구조가 개편되었다거나 황제가 바뀌었다는 건 아닙니다. 단지 내부 사정이 조금 복잡해졌지요. 조금 시끄러워졌습니다."

모두가 존경했던 최고 기사가 죽고 황제는 오랜 적과 동맹을 맺었다. 제국의 실권을 황제가 철저하게 잡고 있다고는 하지만 내부가 조용할 리가 없었다.

"설명."

"리도니아 대평원 전투에서 로우켈 경이 전사하신 이후로 황제는 종족 연합과의 공식 동맹을 감행하는 동시에 숙청을 시작했습니다."

"숙청의 대상은?"

성준이 질문했다. 안펠스가 대답하지 않아도 대충은 예상이 가지만 확실한 정보가 필요했다.

"로우켈 경과 관련 있었던 이들과 종족 연합과의 동맹을 반대한 이들 위주로 숙청이 진행되었습니다."

예상대로였다. 최고 기사였던 로우켈조차 종족 연합과의 동맹을 반대했다는 이유만으로 배신자로 낙인 찍혀 척살 당했다.

황제의 의지는 단호했고 숙청을 진행하는 데 망설임은 없었을 것이다.

"모두 죽었나?"

제로스처럼 도망친 이들도 있을 것이다. 그들에 대한 이야기도 듣고 싶었다.

"저도 따로 조사하지 않아서 잘 모르겠습니다. 자세한 건 집행 부대 쪽 관련자가 알 것 같습니다."

제국 특무군 중에서도 집행 부대는 국가의 내부의 불온한 세력을 처리하고 단속하는 역할을 맡아왔다.

종족 연합과의 동맹을 반대하는 이들의 숙청에도 그들이 선봉에서 일을 처리했을 것이다.

"집행 부대의 거점을 알고 있습니다. 습격하면 당시의 자료를 얻을 수도 있을 겁니다."

"오래되었는데…… 가능할까?"

성준은 부정적인 생각이었다. 정보를 찾기에는 시간이 너무 지났다.

제로스의 말대로라면 이곳과 이계의 시간은 비슷하면서도 분명히 다르게 흐른다고 했다. 리도니아 대평원의 전투가 있고 15년이 흘렀다는 것 같았다.

"동료들의 행방에 대해 알고 싶지 않습니까?"

안펠스의 마지막 한 마디가 성준의 가슴을 흔들었다. 그는 안펠스와 헤어진 뒤, 호텔로 돌아갔다. 로비에 들어선 순간, 강대한 마력의 기운이 느껴졌다. 당사자는 숨기고 있었지만 성준까지 속일 수는 없었다.

"용건이 뭡니까?"

적의는 없는 것 같았기에 무기를 뽑지는 않았다. 그러자 챙이 넓은 모자를 눌러 쓴 채 로비의 의자에 앉아 있던 누군가 일어났다.

"대단해. 역시 한국의 유망주라는 건가?"

허리까지 내려오는 웨이브 진 금발의 여성이 모자를 벗자 여우 같은 날카로우면서도 귀여운 인상의 얼굴이 드러났다.

성준은 그녀가 누군지 알고 있었다.

"레이아……."

"백악관에서 불러. 같이 가자."

"갑자기 백악관에서는 왜……."

"SS급 아이템 준대."

단 2번의 만남이었지만 성준은 그녀가 설명이 부족하다는 것을 알 수 있었다.

"가자. 차가 밖에서 기다리고 있어."

"자, 잠깐……."

레이아는 성준이 대답하기도 전에 그의 손을 덥썩 붙잡고 밖으로 이끌었다.

본능적으로 손에 힘이 들어갔지만 레이아는 마법계지만 SSS급 헌터답게 힘도 좋은 편이었다. 저항은 분쇄되었고 성준은 힘없이 끌려갔다. 저항하려고 하면 끝까지 버틸 수 있겠지만 SS급 아이템을 받을 생각에 들떠 있었기 때문에 얌전히 따라갈 생각이었다.

"여기야!"

레이아가 검지로 가리킨 곳에 검은 세단 한 대가 정차해 있었다. 성준은 레이아와 함께 차를 타고 공항으로 향했다. 뉴욕에서 워싱턴까지 거리가 가까운 편은 아니었기 때문에 빨리 가려면 항공기를 이용해야만 했다.

미국 정부에서 보내준 항공기를 타고 레이아와 함께 워싱턴 근교의 공항에 도착했다. 두 사람을 수행하기 위한 인원이 공항에서 대기 중이었다.

"먼저 내려. 주인공은 너니까."

성준은 고개를 끄덕이며 항공기 출입구 앞에 섰다. 그러자 승무원이 미소와 함께 문을 열며 입을 열었다.

"워싱턴에 온 것을 환영합니다."

출입구 문이 열리자 성준은 항공기와 연결된 계단으로 한 걸음 나섰다. 계단이 끝나는 곳에서부터 시작된 의장대 행렬은 미국과 한국의 국기가 달려 있는 고급 세단까지 이어져 있었다.

"환영 인사가 과한데?"

"미국 정부에서 준비했어. 너 아니었으면 뉴욕시가 '전멸'했을 테니까. 이 정도는 당연하지."

성준의 말에 레이아는 당연하다는 표정으로 대답했다. 발걸음을 옮기기 무섭게 아래에서 푹신한 느낌이 들어서 내려다 보니 레드 카펫까지 깔려 있었다. 주변을 둘러보니 방송국에서 취재를 나온 것인지 카메라도 많이 보였다.

"거창하네."

"여긴 미국이야."

레이아는 자연스럽게 손을 흔들며 말했다. 그녀는 이런 것에 익숙했다.

"손이라도 흔들어주지그래? 오늘 주인공은 너야."

성준도 카메라를 보며 손을 흔들었다. 각 방송국의 카메라 감독들은 뉴욕의 영웅인 그의 모습을 조금이라도 더 담기 위해 노력했다. 그들은 더 가까운 곳에서 성준을 찍고 싶어 했지만, 공항 직원들이 막고 있어서 그럴 수 없었다.

"이제 내려가도 돼."

성준이 한참 동안 손을 흔들고 있자 레이아가 말했다. 그제야 성준은 계단 아래로 내려갔다. 그는 의장대의 사열을 받으며 고급 세단으로 이동했다.

그가 뒷좌석에 탑승하자 레이아도 조수석에 탔다.

"백악관까지 같이 가는 건가?"

"응. 그래."

성준의 물음에 레이아는 전방을 향해 시선을 고정한 채 대답했다. SSS급과 SS급 헌터가 대화를 시작하자 운전사는 긴장한 표정으로 운전대를 잡았다. 공항 밖으로 나온 차량은 곧바로 백악관을 향해 달리기 시작했다.

"왜 그래?"

말없이 생각에 잠겨 있는 듯한 모습에 레이아가 호기심 어린 눈동자를 빛내며 물었다.

"SSS급 헌터를 에스코트 역할로 보낼 줄은 몰랐거든."

성준이 대답했다. 레이아가 존대를 쓰지 않았기 때문에 성준도 여전히 말을 높이지 않고 있었다.

"너는 다른 헌터들과 달라. 특별하잖아."

"특별해?"

"성장 속도가 빠르잖아. 넌 분명 SSS급이 될 수 있을 거야. 한번 만나보고 싶어서 미국 정부에 말했어. 에스코트는 내가 하겠다고."

백미러를 통해 성준을 보며 싱긋 웃어 보이는 레이아. 성준은 짧은 한숨과 함께 고개를 저었다.

그녀는 일단 미국 정부와 긴밀한 협력 관계였지만 흥미가 없는 일은 절대 하지 않았다. 이번 에스코트도 레이아가 성준에게 흥미를 느끼지 않았다면 미국 정부는 다른 헌터를 보냈을 것이다.

"난 내가 하기 싫은 일은 안 해."

그 말 한마디로 레이아가 미국에서 어떤 위치를 가지고 있는지 알 수 있었다. 그녀는 20대 초반의 나이였지만 전 세계 유일의 SSS급 헌터였다. 국제 조약으로 인해 군에 소속될 수 없다고는 하지만 그녀의 가치는 높았다.

언제 터질지 모르는 SSS급 레이드에 대응할 수 있는 헌터였기 때문에 미국은 그녀가 협력 관계에 있다는 사실만으로도 경제적, 외교적으로 많은 실리를 취했다.

"도착했습니다."

운전사가 백악관에 도착한 사실을 알렸다. 정장을 입은 경호원들이 달려와서 성준과 레이아가 편하게 내릴 수 있도록 조수석과 뒷좌석의 문을 열어주었다. 두 사람이 내리자 운전사는 차를 몰고 어디론가 사라졌다.

"가자."

"어디로 가자는 거야?"

처음 만났을 때처럼 성준의 손을 덥썩 붙잡고 어딘가로 향했다. 경호원들이 두 사람을 뒤따랐다. 인제 보니 모두 헌터로 구성되어 있었다.

"대통령 아저씨 만나러."

레이아가 말했다. 여전히 설명이 부족했다.

"무장한 상태로 가도 되는 거야?"

타국의 대통령을 만날 때는 헌터라고 해도 무기류 아이템을 맡기는 게 보통이었지만 레이아는 고개를 저으며 입을 열었다.

"내가 있으니까 괜찮아."

목소리에서 자신감이 넘쳤다. SSS급 헌터인 레이아에게 있어서 이 정도 자신감은 사치가 아니었다. 아마 그녀는 성준과 맞붙으면 어렵지 않게 그를 제압할 수 있다고 생각하고 있겠지만.

'적어도 내가 지지는 않겠어.'

성준도 자신감이 넘쳤다. 마력과 화력은 레이아가 압도하겠지만 사람을 죽음에 이르게 만드는 살인 기술은 수십 년간 전장에서 구른 전생의 기억을 가지고 있는 성준이 위였다.

레이아도 중앙헌터국에서 전투 기술을 익혔지만 로우켈의 검술과는 수준이 달랐다. 길고 짧은 건 붙어봐야 알겠지만 적어도 허무하게 패배하지 않을 자신은 있었다.

"레이아 씨. 제가 안내하겠습니다."

"필요 없어."

백악관 직원이 달려 나와 안내를 자처했지만 레이아는 고개를 저은 뒤, 성준의 손을 잡고 이끌었다. 백악관에 자주 와본 것인지 내부 구조에 익숙해 보였다.

그녀는 성준과 함께 거침없이 전진했다. 마지막으로 긴 복도를 지나 고급스러운 장식이 각인된 문 앞에서 레이아가 멈춰 섰다.

그녀는 성준을 향해 고개를 돌리며 입을 열었다.

"여기야."

대통령 집무실이었다.

안에서 적지 않은 수의 인기척이 느껴졌다. 성준은 차분하게 표정을 가다듬고서 문을 열었다. 문가에서 서 있던 남자가 가장 먼저 성준을 발견하고는 반가운 표정으로 다가왔다. 정장을 입고 안경을 쓴 짧은 머리의 남자는 한국인이었다.

"반갑습니다. 통역관 이신태라고 합니다. 대한민국의 자랑인 강성준 씨를 이렇게 직접 만나게 되어서 영광입니다."

신태는 짧지만 강렬하게 성준을 띄워 주었다.

"백악관에서 계시는 동안 제가 강성준 씨의 통역을 맡을 예정입니다."

"아…… 그렇군요."

성준은 고개를 끄덕였다.

신태의 어깨 너머로 보이는 사람들 사이로 유난히 눈에 띄는 이가 한 명 있었다. 인자한 얼굴이 인상적인 미국 대통령이었다. TV로 자주 봤기 때문에 금방 알아볼 수 있었다.

"강성준 씨. 어서 오세요."

미국 대통령 에이든이 성준을 반겼다. 그는 영어로 말했지만 신태가 옆에서 통역을 해주었다. 사실 간단한 인사라서 통역이 필요할 정도는 아니었다.

"반갑습니다. 강성준입니다."

성준은 에이든이 내민 손을 잡고 악수를 하며 대답했다. 영어를 조금은 할 줄 알지만, 통역이 있어서 편하게 한국어로 이야기했다.

"강성준 씨와 조용히 대화를 나누고 싶군요. 다들 잠깐 나가주시겠습니까?"

에이든의 말에 집무실에 모인 사람들은 아쉬운 표정을 지었다. 모두 뉴욕시의 영웅인 성준을 만나보고 싶어 모인 것이었다.

"나중에 자리를 마련하겠습니다."

"알겠습니다."

"꼭 부탁드리겠습니다."

에이든은 자리를 마련하겠다고 약속했다. 대통령이 약속까지 했으니 모두 아쉬움을 뒤로 한 채 집무실을 떠날 수밖에 없었다.

이제 집무실에는 에이든과 신태, 그리고 성준과 레이아만 남았다. 신태는 통역을 위해서 남았고 레이아는 대통령이 쉽게 통제할 수 있는 사람이 아니었다.

그녀는 집무실을 휘적이고 다니더니 푹신해 보이는 의자에 편한 자세로 앉았다. 에이든은 그 모습을 보며 짧게 한숨을 내쉬었지만 불쾌한 기색은 없었다. 오히려 장난치는 딸을 보는 듯 시선이 따스했다.

"앉겠습니까?"

에이든의 시선이 성준에게 향했다. 그는 미국의 대통령이었지만 성준을 대하는 태도는 정중했다.

사실 그럴 수밖에 없었다. 성준은 SS급 헌터라는 사실로만으로도 가치가 높았다. 그런데 현존하는 헌터들 중에 SSS급이 될 가능성이 가장 크니 미리 조심해서 나쁠 건 없었다.

"실례하겠습니다."

성준도 정중하게 에이든을 대했다. 그는 상대방이 예의를 갖추면 그에 맞춰서 행동해 왔다.

"뉴욕시의 일은 정말 고맙게 생각하고 있습니다. 미국을 대표해서 감사의 말을 전합니다."

"해야 할 일을 했을 뿐입니다."

실리를 취하기는 했지만 도운 것은 사실이었다. 성준은 적당히 포장해서 말했고 신태는 그대로 전달했다.

"강성준 씨가 아니었다면 레이아 씨와 위치 길드가 늦게 도착했을 겁니다. 그랬다면 뉴욕시의 피해도 컸겠죠. 베타 본부에서는 강성준 씨의 도움이 없었을 경우 최소 뉴욕시의 절반 이상이 파괴되었을 것이라고 했습니다."

에이든의 말에 성준은 고개를 끄덕였다.

미국이라고 해서 SS급 헌터들이 흔한 것은 아니었다. 당시 뉴욕 근처에 SS급 헌터는 없었고 차원 관문에서는 SS급 마물로 분류되는 오크 부족장 칼레아크가 출현했었다. 레이드는 초반에 격전지를 통제하지 못하면 산불처럼 크게 번진다. 당시 뉴욕에 있던 헌터들만으로는 버거웠을 것이다.

"저를 너무 띄워주시는군요."

겸손하게 말하고 있지만 성준의 입가에 미소가 번졌다. 칭찬은 언제나 기분 좋은 것이다.

"대통령 아저씨 말이 맞아. 오크 부족장을 내가 쉽게 잡아서 약해 보인 것 같은데 그 정도 마력이면 이든 같은 S급 헌터 4명이 붙어야 간신히 이겼을 거야. 그런데 내가 도착하기 전에 뉴욕시 근처에는 S급 헌터가 3명밖에 없었거든."

"레이아 씨의 말이 맞습니다."

에이든은 레이아의 말에 고개를 끄덕이며 동조했다.

미국은 S급 헌터들도 많이 보유하고 있는 편이었지만 헌터라는 이들 자체가 자유롭기에 미국 전역에 고르게 배치할 수 없었다. 그래도 미국은 정부에 소속된 헌터가 많은 편이었기 때문에 어느 정도 고르게 배치되어 있는 편이었다.

"그렇군요."

성준은 미소를 머금은 채 대답했다. 가볍게 여기고 있었는데 생각보다 상황이 심각했던 모양이었다.

"확실한 건 강성준 씨 덕분에 뉴욕시의 피해가 10%에 불과했다는 겁니다. 많은 생명과 재산이 지켜졌고 이것은 모두가 감사하고 있습니다."

칭찬은 끝나지 않았다. 기분은 좋았지만 성준이 원하는 건 따로 있었다.

"그래서 강성준 씨에게 미국이 보유한 8개의 SS급 아이템 중 하나인 '정의로운 방패'를 드릴 생각입니다."

"정의로운 방패요?"

"그렇습니다."

에이든이 고개를 끄덕였다.

처음 레이아가 SS급 아이템을 준다고 했을 때는 반쯤 농담인 줄 알았다. 그래서 대어를 낚은 기분이었다.

4장
이계의 존재

'정의로운 방패', 미국이 보유하고 있는 8개의 SS급 아이템 중 하나다. 이름은 '방패'지만 목걸이다. 방패라는 이름이 붙은 이유는 '앱솔루트 실드'라는 기술이 옵션으로 붙어 있기 때문이었다.

사용하거나 본 적은 없었지만 헌터 닷컴에서 관련 정보를 본 적 있었다.

"제가 받아도 될지 모르겠습니다."

기분은 좋지만, 부담스럽기도 했다.

미국이 보유하고 있던 SS급 아이템을 개인에게 수여한 경우는 레이아의 스태프 '천격'을 포함하면 이번이 두 번째에 불과했다.

"강성준 씨가 아니면 누가 받는다는 말입니까?"

"의회에서 결정된 일입니까?"

"물론입니다."

의회에서는 성준에게 보답도 할 겸 호감을 사는 게 좋다고 생각하고 있었다.

"그럼 감사히 받겠습니다."

지나친 사양은 실례이기도 했고 그럴 일은 없겠지만 에이든의 마음이 바뀔 수도 있기 때문에 끝내 고개를 끄덕였다.

"SS급 아이템이라서 수여식이 있을 예정입니다. 최대한 빨리 진행하겠지만 며칠이 걸릴 겁니다. 그동안 블레어 하우스에서 지내시지요."

"거긴 국빈용 아닙니까?"

성준이 물었다.

블레어 하우스에 대해서는 몇 번 들어봐서 알고 있었다.

"괜찮아. 나도 여기 오면 거기서 지내."

레이아가 슬쩍 끼어들었다. 에이든은 미소를 지으며 입을 열었다.

"오늘부터 저희는 강성준 씨를 '국빈'으로 대접할 겁니다. 뉴욕의 영웅으로서 당연히 받아야 할 예우입니다."

"감사합니다."

"제가 시간을 너무 많이 뺏었네요. 헌터들은 던전이나 레이드가 끝나고 충분히 쉬어야 한다고 들었습니다. 더 이상 시간을 뺏지 않겠습니다. 방금 나간 분들한테도 제가 잘 말해두겠습니다."

신태가 에이든의 말을 전했다. 성준은 고개를 끄덕였다.

'흡수' 덕분에 긴 휴식은 필요 없었지만, 개인 시간을 가져서 나쁠 건 없다고 생각했다. 미국 체류 기간이 예상보다 길어졌기 때문에 길드에 연락도 해야 했다.

"제가 안내하겠습니다."

신태가 앞장섰다. 두 사람이 집무실을 나서려 하자 가만히 지켜보고 있던 레이아도 의자에서 폴짝 일어나서 뒤따랐다. 성준의 시선이 그녀에게 향했다.

"블레어 하우스까지 따라가려고?"

"말했잖아. 난 여기 오면 거기서 잔다니까."

"그래……."

레이아는 당연한 걸 왜 묻냐는 표정으로 대답했다.

성준은 고개를 끄덕였다. 블레어 하우스는 방이 많다고 들었으니 그녀와 부딪칠 일은 없을 것 같았다.

"여기입니다."

신태의 뒤를 따라 블레어 하우스에 도착했다.

-도청 장치와 감시 카메라도 없습니다. 주군께서 머무르는데 문제는 없습니다.

지금까지 침묵을 지키고 있던 리슈발트가 넓은 방 내부를 빠르게 훑고 와서 보고했다.

성준은 차분하게 방을 구경했다.

잠시 자리를 비웠던 신태가 다가왔다.

"강성준 씨. 저는 옆방입니다. 필요하시면 언제든지 불러주세요. 대기하고 있겠습니다."

통역인 신태를 옆방에 배정해 준 것은 영어에 익숙하지 않은 성준에 대한 미국 정부의 배려였다. 레이아는 언제 사라졌는지 모습을 찾을 수 없었다.

"레이아는 다른 곳에 갔습니까?"

"워낙 자유분방한 분이라서 지금쯤 마음에 드는 방을 고르고 있을 겁니다."

신태가 대답했다.

나쁘게 말하면 자기 멋대로였다. 20대 초반의 어린 나이에 높은 위치에 올랐으니 이해가 안 되는 것은 아니었다. 성준도 전생의 기억이 없는 상태로 대한민국 유일의 SS급 헌터가 되었다면 오만해졌을 것이다. 그에게 살해당했던 S급 헌터 차규태만 해도 20대 중반이었지만 그 모양이었다.

그래도 레이아는 성격이 특이하고 자기 마음대로 행동해서 그렇지 나쁜 사람은 아닌 것 같았다.

"쉬고 싶네요."

"네. 필요하시면 언제라도 불러주세요."

성준은 길게 말하지 않았지만, 의도는 전달되었다. 신태는 고개를 끄덕이고는 성준의 방에서 물러났다.

넓은 방 안에 혼자 남은 그는 푹신한 의자에 앉아서 스마트폰을 꺼내 들었다. 가장 먼저 아버지인 수혁에게 전화를 걸었다. 그에게는 일 때문에 잠깐 미국에 왔다고 간단하게 설명했다. 두 번째로 전화를 건 사람은 한석이었다.

-강성준 씨?

"길드에는 별일 없지?"

성준이 물었다.

그가 없을 때 길드와 관련된 일은 한석이 처리했다. 원래는 정철이 맡았지만, 지금은 '충성의 룬' 때문에 한석이 더 믿음직했다. 성준과 한석이 모두 부재중일 때는 정철이나 신철이 전반적인 관리를 맡았다.

-문제없습니다.

"아버지 경호 문제는? 수상한 사람은 없어?"

-경호는 완벽합니다. 주변에 수상한 움직임도 없습니다.

한석이 확신에 찬 목소리로 대답했다.

성준에게 처참하게 당하기는 했지만, 그는 대한민국의 S급 헌터 랭킹 1위였다. 그의 눈을 피해서 공작을 펼칠 만한 실력자는 많지 않았다. 적어도 저택 주변에서는 수상한 움직임이 없다는 것이다.

저택에서 멀리 떨어진 곳에서 벌어지는 일들은 준열이 백호를 움직여 감시해 준다고 했으니 일단은 안심이었다. 능력이 떨어진다고는 해도 그들은 정보기관이었고 대한민국은 홈그라운드였다. 최소한의 안전장치는 될 것이다.

"그래. 계속 수고해."

-최선을 다하겠습니다.

성준은 한석의 대답이 끝나기 무섭게 전화를 끊었다. '충성의 룬' 효과 때문에 한석은 성준에게 순종적이었다.

"이제 또 누가 있으려나……."

백호의 수장 나준열에게까지 전화를 걸어서 저택의 안전에 대해 다시 한번 요청을 끝냈다. 성준은 스마트폰 연락처를 검색하며 중얼거렸다.

-윤설아한테도 연락해야 하지 않겠습니까?

"그것도 나쁘지 않네."

리슈발트의 말에 성준은 고개를 끄덕이며 동조했다. 정치인들과 관계가 깊은 청룡 그룹의 손녀와 친밀한 관계를 유지해서 나쁠 건 없다고 생각했다.

그는 망설임 없이 설아에게 전화를 걸었다.

-아…… 강성준 씨…….

자다 깨어나서 전화를 받은 것 같았지만 곧 목소리에 활기가 차올랐다.

-뉴욕에서 SS급 레이드가 발생했다는 뉴스를 봤어요. 다친 데는 없어요?

설아가 물었다.

SS급 레이드는 흔한 일이 아니었고 미국 정부에서는 성준을 영웅으로 만들기로 작정한 것인지 모든 뉴스 채널에서 뉴욕 레이드에 대해 보도했다. 가장 많이 활약한 MVP는 레이아였지만 그녀가 올 수 있었던 것은 성준 덕분이라는 내용의 보도가 잇따른 덕분에 미국 국민의 성준에 대한 호감은 날이 갈수록 높아지고 있었다.

"괜찮습니다. 한국에는 별일 없죠?"

-네. 길드에도 아무 문제 없어요.

그녀는 로드 길드의 총무를 맡고 있었지만, 길드원의 수가 많지 않아서 일이 바쁘지 않았다. 그래서 회사 일과 겸직할 수 있었다. 지금 당장 길드의 업무라고 해도 소수의 길드원이 다녀올 던전의 매칭을 돕는 것과 청룡 그룹과 약속했던 마정석 납품이 전부였다.

-그러고 보니까 좋은 소식이 있어요.

설아는 성준의 궁금증을 유발했다.

"좋은 일이요? 짐작 가는 게 없는데……."

-저 승진했어요. 이제 길드 사업 본부장이에요.

설아가 말했다.

그녀는 로드 길드와의 마정석 계약을 체결한 성과를 인정받아서 길드 계획 실장에서 길드 사업 본부장으로 승진하게 되었다.

"정말입니까? 축하합니다."

성준은 진심으로 축하해 주었다. 설아의 승진은 성준에게도 기쁜 일이었다. 그녀가 청룡 그룹에서 높은 위치에 오를수록 로드 길드의 편의를 봐주기 쉬울 것이다. 가능하면 그녀를 청룡 그룹 회장으로 만들어주고 싶은 게 성준의 마음이었다.

-강성준 씨 덕분이에요. 고마워요.

성준의 목소리에서 진심이 느껴졌다. 그래서 설아는 기뻤다. 성준에 대한 호감은 시간이 지날수록 깊어가고 있었다. 길드 사업 본부장이라는 자리에 오른 것도 성준의 영향이 많이 있었다.

"윤설아 씨가 최선을 다해서 얻어낸 결과잖아요. 저한테 고마워할 필요는 없죠."

-강성준 씨가 없었다면 노력도 하지 못했을 거예요.

진심이었다. 그녀는 할아버지이자 청룡 그룹 회장인 윤태석의 눈에 띄기 위해 언제나 최선을 다해 노력했지만 닿지 않았다. 성준을 만난 날부터 그녀는 빛나기 시작했다.

-고마워요.

성준은 대답하지 않았다. 스마트폰 너머로 가벼운 웃음소리가 흘러나오는 듯했다. 하지만 곧 멈췄고 대신 그녀의 목소리가 전해져 온다.

-빨리 돌아와 주세요. 우리 길드장님이 없으니까 허전하네요. 혼자는 싫어요.

술에 취한 것 같지는 않았다. 어쩌면 그녀 내면에 숨겨져 있는 의존적인 성격이 조금 깨어난 것일 수도 있다고 생각되었다.

성준은 그녀와 대화를 조금 더 나눈 뒤, 전화를 끊었다. 국제 전화를 꽤 사용해서 요금이 많이 부과되겠지만 성준이 신경 쓸 문제는 아니었다.

의자에 앉아서 가만히 쉬고 있다 보니 누군가의 기척이 느껴졌다.

똑똑.

성준이 고개를 들자 노크 소리가 들려왔다. 익숙한 기척이었지만 신태는 아니었다. 성준은 영어에 자신이 없었기 때문에 긴장한 표정으로 입을 열었다.

"들어오세요."

영어에 서툴렀지만 간단한 회화 정도는 가능했다.

그가 영어로 말하자 문이 열리고 금발의 여성이 걸어 들어왔다. 문을 열고 들어온 사람의 얼굴을 확인한 성준은 안도했다. 그녀는 제니퍼였다.

중앙헌터국의 A급 마법계 헌터인 제니퍼는 통역 마법은 사용할 줄 몰랐지만, 한국어 실력이 유창했다. 영어로 대화하거나 신태를 부르지 않아도 된다는 것은 다행이었다.

"제니퍼 씨. 무슨 일이죠?"

"강성준 씨의 통역을 맡게 되었습니다."

"이신태 씨가 맡은 거 아니었습니까?"

백악관에서 머무르는 동안 신태가 통역을 맡는다고 대통령 집무실에서 분명히 들었다.

성준의 물음에 제니퍼는 싱긋 웃으며 입을 열었다.

"조금 전에 인사이동이 있었어요. 제가 특수 전담실장을 맡게 되면서 통역에도 교체가 있었습니다."

"특수 전담실이요?"

"네. 이번에 만들어졌습니다. 사실상 강성준 씨의 보좌를 위한 부서라고 보시면 됩니다."

특수 전담실은 델타 본부장 루이스가 성준을 보좌하기 위해 만든 이례적인 부서였다. 미국 정부와 중앙헌터국이 성준을 얼마나 중요하게 생각하고 있는지 알 수 있는 부분이었다.

"아…… 그렇습니까?"

"그런 셈이죠. 이신태 씨가 있던 방은 제가 차지하게 되었습니다. 필요한 일 있으면 언제든지 불러주세요."

"알겠습니다."

성준이 고개를 끄덕이자 그녀는 싱긋 웃어 보인 뒤, 방을 떠났다. 그제야 성준은 휴식을 취할 수 있었다.

그리고 며칠의 시간이 흘렀다.

영어를 잘하는 편은 아니었지만, 제니퍼가 밀착해서 통역해준 덕분에 블레어 하우스에서 지내는 동안 불편함은 없었다.

그리고 마침내 SS급 아이템 '정의로운 방패'를 받기로 한 당일이 되었다.

에이든의 대통령 취임식이 있었던 그 장소에서 수여식이 열리기로 되어 있었다. 블레어 하우스를 나오자 제복을 입은 의장대가 성준을 반겼다.

미국 대통령 에이든은 국빈급 예우를 약속했다. 성준은 그것이 빈말이 아니라는 것을 실감했다. 의장대의 사열을 받으며 고급 세단에 오르자 헬기장으로 이동했다.

그곳에서 성준은 에이든과 함께 미국 대통령 전용 헬기인 '마린 원'을 타고 수여식장으로 향했다. 이동 중에는 공격 헬기 편대가 '마린 원'을 호위했다.

"도착했습니다."

경호원이 먼저 내려서 안전을 확인하자 에이든과 성준이 내렸다. 레이아도 심심하다는 이유로 동행 중이었다.

수여식장 근처에서 헬기에서 내린 뒤 도보로 이동했는데 미국 대통령인 에이든이 함께 있어서 그런지 경호가 삼엄했다.

수여식장에는 많은 사람이 모여 있었다. 혼잡할 것이라고 생각했지만 놀라울 정도로 질서가 잘 잡혀 있었다. 모두 성준과 '정의로운 방패'를 볼 생각에 들뜬 표정이었다.

"저는 다른 일 때문에 먼저 가보겠습니다. 제니퍼 씨가 강성준 씨의 안내를 맡아줄 겁니다."

에이든은 수여식의 준비 때문에 수행원들과 함께 먼저 이동했다.

"강성준 씨!"

익숙한 목소리와 함께 누군가 다가왔다. 고개를 돌려보니 그곳에 이든이 있었다.

"뉴욕에 있어야 하는 거 아니었습니까?"

"강성준 씨에게 감사 인사를 드리고 싶어서 '정의로운 방패' 호송에 지원했습니다. 저 말고도 S급 헌터 2명이 더 경비에 동원되었습니다."

'정의로운 방패'는 전 세계에서 희귀한 SS급 아이템이었다. 혹시라도 누군가 탈취를 시도할 수도 있기 때문에 S급 헌터의 경비는 필수였다.

"다시 한번 감사 인사를 드리겠습니다. 강성준 씨 덕분에 저희 대원들이 많이 다치지 않았습니다."

이든은 고개를 숙였다.

성준은 SS급 회복계 헌터였기 때문에 '힐'의 위력이 상당했다. 덕분에 뉴욕에서도 이든이 지휘하는 기동대원들의 피해가 최소화되었다. 이든은 그것에 감사하고 있는 것이었다.

성준은 전투력이 뛰어난 회복계 헌터였기 때문에 그와 함께하는 헌터들은 언제나 피해가 적었다.

"곧 수여식이 시작될 것 같습니다. 위치로 이동하셔야 할 것 같습니다."

이든과 대화를 나누고 있다 보니 시간이 금세 흘러갔다. 시계를 확인한 제니퍼는 성준을 가볍게 재촉했다.

"그럼 저는 이만 가보겠습니다."

이든은 서둘러 자신의 위치로 돌아갔다. '정의로운 방패'의 경비 임무를 맡고 있었기 때문에 위치를 오래 비울 수 없었던 것이다.

"이동하시죠."

"알겠습니다."

성준이 대답했다.

그리고 먼저 발걸음을 옮기는 제니퍼를 뒤따랐다.

"리허설 같은 건 안 해도 되는 겁니까?"

성준이 물었다.

수여식의 규모가 커서 리허설이 필요할 것 같았지만 제니퍼는 고개를 저었다.

"리허설은 따로 진행했습니다."

"그렇습니까? 저는 참석하지 않았는데 괜찮은 겁니까?"

"강성준 씨는 이동 동선이 단순해서 참석할 필요가 없었어요. 그리고 직원이 이어 마이크를 통해서 안내해 줄 예정입니다."

설명을 끝낸 제니퍼는 이어 마이크가 연결된 무전기를 건넸다. 착용법이 어렵지는 않았다. 이어 마이크를 귀에 꽂고 대기실로 이동했다.

대기실에서 음료를 마시며 수여식을 기다렸다.

-주변을 정찰하고 오겠습니다.

대기실 안에도 제니퍼를 포함한 수행원들이 있었다. 그래서 리슈발트는 성준과 대화를 나눌 수 없었다. 가만히 있는 게 답답했던 것인지 리슈발트는 정찰을 자처했다.

그가 정찰 행동에 나선 사이에 레이아가 대기실로 돌아왔다. 수여식장을 배회하다가 흥미를 잃은 모양이었다.

"심심해."

그녀는 말없이 성준의 옆에 앉아서 스마트폰을 만지기 시작했다.

'리슈발트가 늦네.'

1시간이 지났다. 단순 정찰이라면 돌아오고도 남을 시간이었다.

그는 영혼 상태였기 때문에 걱정이 되는 것은 아니었지만 뭔가 수상한 일을 찾아냈을지도 모른다는 생각이 들었다. 아니나 다를까 그런 생각이 들고 얼마 지나지 않아서 귀환한 리슈발트의 표정은 어두웠다.

-주군. 수여식장 주변에 '적'으로 추정되는 다수의 헌터들이 모여 있습니다.

"레이아."

리슈발트의 정찰이라면 믿을 수 있다. 성준은 레이아를 불렀다. 스마트폰에 집중하고 있던 레이아가 성준을 향해 고개를 들었다.

"무슨 일이야?"

"이상한 마력 느껴지지 않아?"

"나는 잘 모르겠는데?"

레이아는 고개를 저었다.

그녀는 세계 유일의 SSS급 헌터였지만 멀리 떨어져 있는 마력의 기척을 상시 체크 하고 다닐 수는 없는 노릇이었다.

-북쪽 2㎞ 지점. 그리고 동쪽 3㎞ 지점에 주요 인원이 집결하여 있습니다. 지금 정확한 좌표를 불러 드리겠습니다.

리슈발트는 눈치가 빨랐다. 성준이 따로 지시를 내리지 못하는 상황이라는 것을 잘 알고 있었기에 그의 의도를 짐작하고 행동했다. 전생에 성준을 오래 수행했던 충직한 부관답게 그의 짐작은 빗나가는 일이 없었다.

성준은 리슈발트가 알려준 좌표를 그대로 레이아와 제니퍼에게 불러주었다. 레이아는 정밀 감지를 위해 두 눈을 감고 정신을 집중했다. 제니퍼는 해당 좌표에 중앙헌터국의 병력이 배치되었는지 확인하기 위해 무전기를 들어 올렸다.

"응. 맞아. 헌터들이 모여 있네."

해당 좌표에 헌터들이 모여 있다는 사실을 레이아가 확인했다. 꽤 멀리 떨어져 있었지만, SSS급 마법계 헌터 답게 정신을 집중하니 마력 반응을 잡아내는 게 어렵지 않은 것 같았다.

"예비 병력 집결지가 아니라는 사실을 확인했습니다. 강성준 씨가 말해준 좌표에 모여 있는 헌터들은 미국 정부와 관계없습니다."

제니퍼가 최종 확인을 끝냈다.

미국 정부와 관련이 없다는 말은 소속이 아닐뿐더러 협력을 요청한 헌터들도 아니라는 것이었다. 한 마디로 '불청객'이라는 것이다.

"반경 5㎞ 안을 철저하게 검문했다고 들었는데…… 어떻게 침투한 거지……."

제니퍼는 혼잣말을 중얼거리며 중앙헌터국에 보고했다.

얼마 지나지 않아서 수여식에 참석한 시민들은 경찰들의 안내를 받아 대피하는 것과 동시에 중앙헌터국의 예비 병력과 대기 중이던 군부대가 움직였다. 의문의 세력 또한 자신들이 발각되었다는 사실을 깨닫고 행동을 개시했다.

콰앙!

가까운 곳에서 폭발음이 들렸다. 성준은 동시에 곳곳에서 피어오르는 살기를 감지했다. 대기실 문이 열리고 경호원 한 명이 황급히 달려 들어와서 입을 열었다.

"상황은?"

"서쪽과 남쪽에서 집중 공격을 받고 있습니다!"

제니퍼의 물음에 경호원이 대답했다.

리슈발트가 미처 정찰하지 못했던 서쪽과 남쪽의 가까운 곳에 적의 병력이 대기하고 있었던 모양이었다.

"반경 5㎞는 완벽하게 검문했다고 하지 않았어? 이게 도대체 무슨 일이야!"

제니퍼는 대기실 안에서 대기하고 있던 중앙헌터국 요원을 보며 다그쳤다. 그는 고개를 숙이며 입을 열었다.

"내부 배신자가 있는 것 같습니다. 최소 책임자급입니다."

수여식에 관련된 기관은 CIA와 중앙헌터국 등 여러 곳이었다. 그들은 반경 5㎞를 철저하게 지켰다. 내부 책임자급의 배신이 아니라면 이런 상황이 발생하지도 않았을 것이다.

"'정의로운 방패'는 어떻게 되었습니까?"

성준이 물었다.

적들이 노리는 것은 SS급 아이템인 정의로운 방패가 분명했다.

"가장 격렬한 전투가 벌어지고 있는 남쪽에 있습니다. 별도의 지원이 없으면 10분 안에 포위될 겁니다."

"대통령 아저씨는?"

이번에는 레이아가 물었다.

"마찬가지로 공격당하고 있지만, 위험한 상황은 아닙니다."

경호원이 대답했다.

성준은 머릿속으로 현재 상황을 정리했다. 조금 전의 보고로 적들이 노리는 게 '정의로운 방패'라는 사실이 확실해졌다. 미국 대통령 에이든도 공격받고 있었지만, 그것은 수여식 경비 병력을 교란하기 위한 양동작전에 불과했다. 주력 병력은 정의로운 방패를 노리고 있을 것이다.

"동쪽과 북쪽의 적 병력은 어떻게 되었습니까?"

성준이 물었다.

"저희 측 예비 병력이 요격 중입니다. 미 해병대와 주 방위군에서도 지원군이 이쪽으로 오고 있습니다."

미국 대통령 에이든과 SS급 아이템 '정의로운 방패'가 한자리에 모이는 만큼 이런 상황에 대비해 수여식장 반경 5㎞ 내에 충분한 수의 예비 병력이 대기 중이었다. 그들 덕분에 동쪽과 북쪽의 적들이 수여식장으로 몰려들지 않는 것만 해도 다행이었다.

"나는 대통령 아저씨한테 가볼게."

레이아는 다른 이들의 대답도 듣지 않은 채 성준의 시야에서 사라졌다. 일순간 기척이 없어졌다. 단거리 차원 도약 마법, 블링크의 일종인 것 같았다.

성준의 시선은 제니퍼에게 향했다.

"정의로운 방패가 어디 있는지 아십니까?"

"저도 위치는 몰라요. 하지만 요청하면 알려줄 거예요."

그녀는 중앙헌터국의 실장급이었기 때문에 타당한 이유만 있으면 많은 정보에 접근할 수 있었다.

"레이아가 갔으니까 대통령님은 안전할 겁니다. 저는 '정의로운 방패' 쪽으로 가겠습니다."

"저도 함께 가겠습니다. 지금 위치를 조회해 볼게요."

"좋습니다."

성준은 제니퍼의 합류를 반겼다. 여기는 영어를 사용하는 미국이었기 때문에 제니퍼의 통역이 필요했다. 만약 신태가 계속 통역을 맡았다면 쉽게 따라오지 못할 것이다.

"위치 조회되었습니다."

"이동하시죠."

제니퍼와 함께 대기실 밖으로 나오자 복도의 창밖으로 1만 넘게 수용할 수 있을 정도로 넓은 수여식장이 한눈에 보였다.

아수라장이었다.

미국 정부 소속 병력이 습격자들과 치열한 전투를 벌이고
있었다. 헬기 편대가 바쁘게 하늘 위를 날아다녔고 수여식을
습격한 자들의 숫자는 300명을 우습게 넘기고 있었다.

-제국의 검술을 쓰는 자들이 섞여 있습니다.

대부분 헌터나 용병들이었지만 일부가 제국의 검술을 사용
하는 것을 리슈발트가 보았다.

성준의 눈에도 보였다. 응용 검술을 펼치는 이가 없는 것으
로 보아 기사 여단 소속은 아닌 것 같았다. 특무군이나 차원
기동부대 소속일 확률이 높다는 생각이 들었다.

-제국이 관련되어 있는 것은 확실합니다.

리슈발트가 말했다.

리도니아 대평원 전투에서 로우켈이 죽고 제국과 종족 연합
은 긴 시간에 걸쳐 지구에 병력을 조금씩 보내왔다. 그들 중에
국가 고위층에 침투한 이가 있어도 이상하지 않았다.

'문제는 누구냐는 거지……'

미국 대통령 에이든도 성준의 의심을 피할 수는 없었다.
CIA와 중앙헌터국의 눈을 피한 걸 보면 미국 정부의 고위층이
제국이나 종족 연합과 관련되어 있는 게 확실했다.

'지금은 아니야……'

성준은 고개를 저었다.

배신자 색출은 나중에 해도 늦지 않았다. 에이든도 바보가 아니다. 그가 범인이 아니라면 이번 습격에 고위층이 연관되어 있다는 것을 눈치챘을 것이다.

지금은 '정의로운 방패'를 지키는 게 최우선이었다.

'빼앗기면 억울하잖아?'

이제 곧 자신의 것이 되는데 빼앗기면 억울하지 않은가?

"라이트닝 스톰!"

이든이 스태프를 휘두르자 전방으로 전격의 폭풍이 쏟아졌다. 몰려오던 적들이 전격에 노출되었다. 육체가 강력한 전격을 견디지 못하고 '폭발'했다. 붉은 피가 분수처럼 하늘로 솟구쳤다가 비처럼 쏟아졌다.

"이든! 무사하냐!"

사제복을 입은 헌터가 이든에게 달려와 말했다.

그의 이름은 베이커, 알파 본부 소속의 S급 회복계 헌터였다. 성준과는 달리 평범한 회복계였기 때문에 전투 능력은 B급 최상위 헌터들과 비슷한 수준이었다.

"다친 데는 없는데 마력 소모가 너무 심해."

"나도 그래. 부상자가 많아서 이대로라면 금방 마력이 바닥날 거야."

적들의 공세가 만만치 않았다. 두 사람은 몰랐지만 '정의로운 방패'를 향해 몰려오고 있는 적들은 고용된 헌터들 외에도 제국의 정예들이 섞여 있었다. 모두 헌터급의 전투력을 지닌 이들이니 상대하기 쉬운 게 아니었다.

"도대체 어디서 무장 병력이 이렇게 쏟아져 나온 거지?"

베이커가 말했다.

수여식장 주변의 경비와 검문은 완벽하다고 생각될 정도였다.

이든은 심각한 표정으로 입을 열었다.

"내부에 배신자가 있는 것 같다."

이든도 성준과 비슷한 생각을 가지고 있었다. 누군가 배신해서 적에게 조력하지 않는 이상 삼엄한 검문을 뚫을 수 있을 리가 없었다.

"그런 것 같아."

"고위층이 분명해."

이든이 말했다. 수여식은 대통령이 참석하는 중요한 행사였다. 그런데 이 정도까지 일을 벌였다는 것은 고위층의 조력이 있었다는 것을 의미했다.

누가 조력자인지 밝히는 게 중요했지만 그것은 지금 당장은 전투 중이었기 때문에 무리였고 이든과 베이커가 할 수 있는 일도 아니었다.

'CIA나 중앙헌터국에서 처리하겠지.'

이든이 그렇게 생각한 순간이었다. 기척 다섯이 빠르게 접근하는 게 느껴졌다.

"위!"

이든, 그리고 베이커와 함께 '정의로운 방패'의 경비를 맡은 S급 전투계 헌터가 가장 먼저 기척을 감지하고 공중을 향해 뛰어올랐다.

"크악!"

"으악!"

그가 공중으로 솟구친 순간 복면을 쓴 습격자 2명이 비명과 함께 피를 흩뿌리며 추락했다. 하지만 S급 헌터도 반격에 당하고 말았다. 그에게 당한 습격자 1명이 휘두른 최후의 검격에 검을 들고 있던 오른팔이 잘리고 말았다.

"제, 제기랄!"

"버텨!"

S급 헌터는 욕설을 내뱉었다.

이든이 그를 지원하기 위해 마법을 캐스팅했지만, 습격자 셋이 동시에 이든의 동료 S급 헌터를 향해 합격을 펼쳤다. 결국 피 분수가 솟구쳤고 S급 헌터는 목이 달아난 채 돌바닥을 뒹굴었다.

'최소 S급이다……!'

일순간 주고받는 여러 번의 검격을 보았다. 이든은 살아남은 습격자 셋의 실력을 짐작할 수 있었다.

'좋지 않아…….'

근접전 실력이 뛰어난 S급의 실력자가 셋이라면 마법계 헌터인 이든은 곤란할 수밖에 없었다. 베이커도 S급 헌터였지만 그는 회복계라서 전투 능력이 부족했다.

베이커는 성준과는 달랐다. 성준은 특별했다.

"라, 라이트닝 쇼크!"

습격자들은 수신호를 주고 받기 무섭게 이든과 베이커를 향해 몸을 날렸다.

이든은 너무 당황한 나머지 통상 마법인 라이트닝 쇼크로 반격했다. 당황한 와중에도 생각이 있었던 것인지 전격을 변형시켜 실드처럼 둥글게 자신을 보호하게 만들었다.

하지만 그래도 통상 마법이라는 게 변하는 것은 아니었다. 습격자들이 입은 검은 옷이 좋은 아이템인지 전격에서 착용자를 보호하는 모습을 보였다.

그들이 이든과 베이커를 향해 검을 휘두르는 순간이었다.

"가속."

"커헉!"

목소리가 들렸을 땐 이미 단검이 습격자의 흉부에 꽂혀 있었다.

"회수."

흉부에 꽂혀 있던 단검이 사라지자 피 분수가 솟구쳤다. 심장을 찔렀던 것인지 출혈의 양이 심상치 않았다.

"강자다! 물러나라!"

습격자 중 조장으로 보이는 이가 수신호를 보내는 것도 잊고 육성으로 명령을 내리며 물러났다. 다른 한 명도 날카로운 눈빛을 흘리며 뒤로 물러났다.

'정의로운 방패'의 탈취가 얼마 남지 않은 상황에서 방해를 받았기 때문에 심기가 불편했다.

"강성준 씨?"

익숙한 목소리였다.

이든은 목소리가 들렸던 방향으로 고개를 돌렸다. 그곳에 성준이 있었다. 다른 지원군은 더 없었지만 성준의 존재 하나만으로도 '정의로운 방패' 경비조의 사기가 급격하게 상승했다.

"힐링 스프레이."

성준은 베이커를 대신해서 부상자들을 회복시켰다. 베이커는 치열한 전투로 부상자가 너무 많이 발생한 탓에 그들을 치유하느라 대부분의 마력을 소진한 상태였다.

"회복되었어!"

"가, 감사합니다!"

회복된 이들이 다시 무기를 집어 들었다.

경비조가 재정비를 하는 동안 습격자들도 움직이지 않았다. 왜 그런가 싶었더니 그들에게 증원이 합류했다. 그들을 기다렸던 모양이었다.

성준은 주변을 살폈다. 수여식장은 총탄이 빗발치는 전장이 되어 있었다. 혼란스러운 상황이라 당장 지원은 기대하기 힘들어 보였지만 그는 여유로운 표정이었다.

-제국 특무군 유령 부대가 확실합니다. 앞에 2명은 일등 살수고 뒤에 합류한 이들은 이등 살수들입니다.

리슈발트가 보고했다.

일등 살수만 해도 S급 상위의 실력자다. 갖은 살인 기술을 익힌 그들은 별도의 살인 훈련을 받은 지구의 S급 헌터조차 부담스러워할 적이었다.

제국 특무군 유령 부대에 전해지는 살인 기술은 지구의 것과 차원이 다를 정도로 수준 높았다. 리슈발트는 기사 여단 소속이었지만 제국의 모든 무술과 살인 기술에 대해 알고 있었다.

-주군께서도 간파하셨을 겁니다.

리슈발트의 말에 성준은 작게 고개를 끄덕였다.

성준도 리슈발트와 마찬가지였다. 아니, 오히려 더 괴물이었다. 그는 제국의 모든 무술과 살인 기술을 알고 있을 뿐만 아니라 익히기도 했고 그 수준이 높았으니까.

"이든 씨. 엄호해 주겠습니까?"

성준이 요청했다. 중앙헌터국 요원들은 다들 지쳐 있어서 '정의로운 방패'의 방어에만 신경 써야 할 것 같았다.

그나마 이든이 제일 멀쩡했다. 그의 마법 지원이 있다면 성준은 적은 마력을 소모하여 적들에게 파고들 자신이 있었다.

"최선을 다하겠습니다."

"갑니다."

성준은 공격 선언과 함께 환영검을 펼쳤다. 환영검은 단일 대상을 노리는 기술이었지만 응용한다면 전방의 적들을 타격하는 훌륭한 광역 기술로 변한다. 최근 천천히 기억을 정리하면서 환영검의 응용 방법을 깨달았었다.

"큭!"

환영검의 범위를 넓히면서 위력이 줄어드는 것은 어쩔 수 없었다. 일등 살수 둘은 신음을 흘리면서도 환영검을 막아내거나 피했다. 대신 그들의 뒤에 있던 이등 살수 둘이 팔 다리가 절단되면서 무너지듯 쓰러졌다.

"라이트닝 스피어!"

시전자의 수준에 따라 고위 마법 수준까지 위력을 끌어 올릴 수 있는 '라이트닝 스피어'를 이든이 완성했다. 전격의 창은 머리 위에서 성준을 노리던 이등 살수의 복부를 관통했다. 동시에 전류가 폭발하여 이등 살수의 몸을 터뜨렸다.

'빈틈!'

성준은 살수들의 진형 중심으로 파고들며 침착하게 검술을 펼쳤다.

"폭풍검."

이백 개가 넘는 칼바람이 폭풍처럼 휘몰아치자 남아 있던 이등 살수 13명이 몰살당하고 일등 살수 2명만 남았다. 그나마도 1명은 왼쪽 다리에 부상을 입은 것인지 피를 뚝뚝 흘리고 있었다.

"와아아!"

"대단해!"

"덕분에 살았습니다!"

'정의로운 방패'를 지키고 있던 이든과 동료들이 환호성을 내질렀다. 그에 비해서 폭풍검에서 살아남은 일등 살수 2명의 복면 아래 숨겨진 얼굴은 잔뜩 굳어 있었다.

'기사 여단의 검술이 확실하다.'

'적어도 100위 안에 들어가는 실력자가 확실하다.'

일등 살수 두 명의 심정을 대변하듯 복잡한 시선이 얽혔다. 그들이 머릿속을 장악하는 공통적인 생각 하나…….

'우리는 상대가 되지 않는다.'

기사 여단 서열 100위 안의 실력자들은 지구의 기준으로 SS급의 실력자들이다. S급 상위 티어로 분류되는 일등 살수 2명이 상대할 수 있을 리가 없다. 심지어 그들이 보기에 성준은 가지고 있는 마력량에 비해 월등히 뛰어난 살상 기술을 익힌 것 같았다.

'제기랄!'

조장을 맡은 일등 살수는 속으로 욕설을 퍼부었지만 달라지는 것은 없었다. 증원을 기대하려 해도 아군의 마력이 근처에서 느껴지지 않았다.

"특무군 유령 부대냐?"

"그, 그걸 어떻게⋯⋯?"

성준이 이계어로 묻자 일등 살수 조장은 당황할 수밖에 없었다. 이계어와 달리 특무군 유령 부대의 존재는 지구에 알려져 있지 않았다.

그래서 성준의 입 밖으로 나온 '유령 부대'라는 이름에 마른침을 삼킬 수밖에 없었다.

제국에서는 혼란을 우려하여 로우켈의 검술을 쓰는 이가 나타났다는 사실을 일부에게만 전달해 둔 상황이었다. 그러니 일등 살수 조장은 미국이 '제국'의 존재를 많이 파악했다는 최악의 경우를 생각하게 되었다.

'충분하다.'

찰나의 동요는 빈틈을 부른다. 일등 살수 조장이 동요하는 순간 성준은 고속 이동술을 펼치며 검을 내찔렀다.

"크흑!"

검에 관통당한 조장이 힘없이 쓰러졌다.

"네놈!"

또 다른 일등 살수가 단검을 던질 때는 이미 성준은 검을 회수한 뒤였다. 날렵하게 휘둘러진 검에 단검이 다른 곳으로 튕겨 나갔다. 일등 살수가 단검을 쥐고 고속 이동술을 펼치려 하는 순간 성준은 이미 그의 배후를 장악했다.

서걱.

비명조차 지르지 못했다. 잘린 머리가 바닥에 떨어져 뒹굴었다.

"끝난 걸까요?"

경비조에 소속된 헌터 한 명이 말했다. 끝났으면 하는 희망이 실려 있는 말이었지만 유감스럽게도 그러기에는 일렀다.

성준과 이든, 그리고 베이커는 빠르게 접근하는 다수의 기척을 감지할 수 있었다.

"옵니다!"

이든이 스태프를 들어 올리며 경고했다.

"플라이!"

하늘로 날아오르며 스태프를 휘두르자 사방에 전격의 폭풍이 쏟아졌다. 은밀하게 접근해 오던 살수들의 은신이 모조리 풀렸다.

'센스가 제법이네.'

성준은 이든의 센스를 인정했다.

다수의 은신한 살수를 상대할 때 광역 공격으로 은신을 강제 해제하는 것은 제국에서 자주 사용하는 전술이었다. 증원으로 보이는 적들의 수준은 낮았으나 수가 많았다.

　-일등 살수가 2명, 그리고 이등 살수가 9명에 삼등 살수가 67명입니다.

　리슈발트가 적의 숫자를 정확하게 보고했다.

　성준은 이 사실을 이든에게 알려주기 위해 고개를 돌렸으나 그도 마법을 사용하여 적들의 전력을 가늠한 뒤였다. 보고까지 끝마친 것인지 손에는 무전기를 들고 있었다.

　쾅! 쾅! 쾅!

　포격이 쏟아졌다.

　"주 방위군 포병대대가 전선을 구축했습니다! 이제 우리는 포격 지원을 받을 수 있습니다!"

　이든이 상황을 설명했다.

　주 방위군 포병대대가 포탄을 쏟아붓는 동안 공격 헬기 편대가 날아와서 공대지 미사일과 기관포를 갈겼다. 살수들은 마물들과 달리 현대 무기에 피해를 입지 않는 마력 피부가 없었지만 만만한 상대는 아니었다.

　콰앙! 쾅!

　그들이 던진 단검에는 오러가 실려 있었고 그것은 철갑탄보다 위력적이었다. 5기의 공격 헬기 중에서 3기가 공중에서 폭발하거나 추락했다. 그 모습을 보며 진혁은 말없이 자신의 검, '로엘'을 들어 올렸다. 그리고 마력을 주입하며 입을 열었다.

"드래곤 피어."

-주군! 지금 드래곤 피어는 아군에게도 피해를 입힐 수 있습니다.

리슈발트의 말에 성준은 드래곤 피어를 시전하기 위해 로엘에 주입했던 마력을 회수했다. 듣고 보니 아군까지 휘말릴 위험이 있었다.

대신 다른 기술을 사용하기로 했다.

"질풍검!"

검풍을 동반한 고속 이동술이다. 포격을 뚫고 나온 살수들의 앞을 성준이 막아섰다.

"어, 어느새!"

"빨라!"

고작해야 이등 살수의 눈으로는 성준의 움직임을 간파하기 힘들었다. 그들이 경악한 순간 고속 이동술과 동반된 검풍이 덮쳐왔다.

"커헉!"

"크아아악!"

이등 살수들은 고속 이동술을 펼쳐서 간신히 피했지만, 삼등 살수들이 문제였다. SS급 헌터인 성준이 발현한 검풍을 피하기엔 그들의 실력이 부족했다. 10여 명의 삼등 살수들이 허수아비처럼 저항조차 못 하고 쓰러졌다.

그들도 B급 상위 티어 정도의 실력자들이었기 때문에 포격에 큰 피해를 입지 않았지만, 문제는 성준이었다. 그를 돌파할 수 없었다.

"합격진이다!"

일등 살수 2명이 이등 살수 몇 명과 함께 합세하여 진형을 갖췄다. 하지만 성준이 알고 있는 진형이었고 순식간에 간파 당했다.

"이든 씨! 적 후방에 마법계 헌터들이 있습니다!"

진형을 파괴하고 살수들을 학살하고 있던 성준은 자신에게 날아드는 불의 창과 얼음 칼날 세례에 이든에게 지원을 요청했다.

성준이 공격하려면 살수들의 벽을 뚫어야만 하는데 시간이 적지 않게 걸릴 것이다. 마법사라는 생소한 단어 대신에 마법계 헌터라는 익숙한 단어를 사용하는 것도 잊지 않았다.

이든은 즉각 행동했다. 공격 마법으로 후방을 교란시키면서 무전으로 포병대의 포격을 유도한 것이었다.

"포격 지원이 올 겁니다!"

이든이 소리쳤다.

성준은 바쁘게 검을 휘두르면서도 분명히 들었다. 뒤이어 후방에 포격이 쏟아졌지만, 대부분이 방어 마법에 가로막혀서 마법사들에게 피해를 주지 못했다. 하지만 그것으로 충분했다.

그들이 방어에 집중하는 동안 성준은 전진했고 시체의 산이 쌓이고 흘러나온 피가 강물처럼 흐르기 시작했을 때, 그는 마법사들의 코앞까지 접근할 수 있었다.

"포격 중지! 아군이 있다!"

이든이 무전기에 대고 소리쳤다. 포격이 계속되면 성준도 자유롭게 행동할 수 없다는 것을 알기에 한 행동이었다.

"바, 방어 마법을 전개해라!"

마법사 조장이 황급히 명령을 내리며 방어 마법을 전개했다. 그의 부하들도 거의 동시에 방어 마법을 전개했지만, 성준의 입가에서는 미소가 떠날 줄 몰랐다,

"……막을 수 있다고 생각한 거야?"

"무, 무엇을……?"

마법사들은 성준이 말뜻을 이해하지 못했다. 전장의 소음과 싸늘한 웃음에 가려져 제대로 들리지도 않았다.

"이런 얇은 방어 마법으로 나를 막을 수 있다고 생각한 거냐고 물었다!"

"허억!"

성준이 검을 휘두르자 방어 마법이 산산 조각났다. 파마검이었다.

"마, 말도 안 되는……!"

마법사 조장은 경악했다. 그는 고위 마법사였다. 그리고 고위 마법사가 시전하는 방어 마법은 쉽게 깨질 만한 것이 아니

었다.

"블링크!"

마법사 조장은 블링크 마법을 시전하여 재빨리 몸을 뺐지만 다른 마법사들은 민첩하게 행동하지 못했다.

성준은 그들에게 파고들어 검을 휘둘렀다.

"크아악!"

"으아악!"

검을 휘두를 때마다 마법사들이 피를 흩뿌리며 쓰러졌다. 몇몇은 다급하게 공격 마법을 시전했지만 성준의 검 앞에서 허무하게 '소멸'했다.

마법사 조장은 조금 떨어진 곳에서 이 모든 것을 지켜보며 입술을 깨물었다.

'파마검이 확실해! 기사 여단, 그것도 검성의 검술이 유출되었어!'

그의 시선이 '자유로운 방패'가 있는 차량으로 향했다.

"지금 중요한 건 저게 아냐……."

그는 혼잣말을 내뱉었다.

그 순간 뒤에서 기척과 함께 싸늘한 시선이 느껴졌다.

"그럼 뭐가 중요해?"

"허억! 블링…… 컥!"

두 번 놓칠 생각은 없었다. 시동어가 완성되기도 전에 성준의 검이 마법사 조장의 목을 베었다. 얼굴에 붉은 피가 튀었다. 마법사 조장의 몸이 힘없이 꺾였다.

성준은 얼굴에 튄 피를 손으로 대충 닦아내며 날카로운 시선으로 주변을 훑었다. 그가 마법사 부대를 처리하는 동안 적들의 공세는 눈에 띄게 약해졌지만 완전히 무너진 것은 아니었다. 주 방위군과 중앙헌터국 등의 미국 정부 측 병력의 피해도 심각했다. 지원군이 계속해서 도착하고 있었지만 그렇다고 해서 입은 피해가 회복되는 것은 아니었다.

-지휘관을 죽여야 합니다.

리슈발트의 의견에 성준도 고개를 끄덕이며 동의했다. 지휘관 암살은 전황을 뒤집기 좋은 수단이었다.

"은신."

성준의 몸이 사라졌다.

혼란스러운 전장에서는 은신을 눈치채는 게 힘들었다. 성준은 그것을 노리고 은신 상태로 적진에 파고들었다. 주 방위군 포병대가 포격을 퍼붓고 공격 헬기 편대가 공대지 미사일을 발사했다. 아군의 공격에 당할 수도 있는 위험한 상황이었지만 성준은 모든 포격과 미사일 공격을 여유롭게 피하며 적진 깊숙이 숨어들었다.

"은신이다!"

"대응하라!"

지휘부를 지키는 이들은 만만한 상대가 아니었다. 혼란스러운 와중에도 성준의 은신을 감지했다. 하지만 그들도 정확한 위치는 모르는 것인지 날카로운 시선으로 주위를 훑어보고 있었다.

성준이 그들을 노려보며 마력을 끌어 올리자 은신이 풀렸다. 하지만 지휘부의 호위들이 성준을 발견하는 것보다 그가 검술을 펼치는 게 조금 더 빨랐다.

"질풍검!"

"커헉!"

질풍과도 같은 검격에 지휘부 호위로 붙은 일등 살수 셋 중에 둘이 피를 쏟으며 쓰러졌다. 남은 1명은 방어에 질풍검에 동반된 검풍의 방어에 성공했지만, 자세가 흐트러졌다. 이대로라면 연격에 무방비하게 당할 수밖에 없다.

"하얏!"

실력자들 간의 싸움에서 빈틈을 보였다는 것은 곧 죽음을 의미했다. 성준은 일등 살수가 보인 틈을 놓치지 않았다. 기합과 함께 휘둘러진 검이 일등 살수의 허벅지를 베었다.

"큭!"

흐트러졌던 것에 불과했던 일등 살수의 자세가 완전히 무너졌다. 그는 반격했지만, 성준에게 닿지 않았다. 오히려 어설프게 수비를 해제하는 바람에 성준의 반격에 그대로 노출되고 말았다.

성준이 내찌른 검이 심장을 꿰뚫자 일등 살수는 힘없이 쓰러졌다. 호위는 전멸했다. 이제 남은 것은 지휘관뿐이었다.

"기사 여단의 검술이군."

목소리가 들린 방향으로 고개를 돌리자 그곳에 지휘관이 서 있었다. 초연한 얼굴을 한 지휘관의 가슴에는 성준에게도 익숙한 흉장을 달고 있었다.

"노블 오더인가?"

노블 오더는 귀족들로 구성된 고위 지휘관 집단이다. 엘리트들만 모여 있기 때문에 제국 내에서도 위치가 높았다.

"우리의 언어도 알고 있고…… 노블 오더의 흉장도 알고 있으며 기사 여단의 검술을 구사한다…… 네놈은 배신자가 분명하겠군."

"마음대로 생각해. 어차피 너는 죽을 거니까."

성준이 고속 이동술을 펼치며 검을 휘두르자 귀족 지휘관의 오른팔이 잘렸다. 귀족 지휘관은 노블 오더에서 검술과 살상 기술을 익히지만, 성준의 상대가 될 정도는 아니었다.

이윽고 성준의 검이 귀족 지휘관의 목을 베었다. 성준은 지휘부의 전멸을 알리기 위해 옆에 꽂혀 있던 지휘기를 부러뜨렸다.

"지휘부가 무너졌다!"

굳이 귀족 지휘관의 잘린 머리를 들고 외칠 필요 없었다. 부러진 깃발을 들고 외치는 것도 효과적이었다. 차원 관문을 넘어온 제국의 병력은 모두 정예들이었지만 지휘부 전멸 사실을 듣고 사기가 저하되는 것은 어쩔 수 없었다.

습격자들이 퇴각할 생각이 없다는 것을 눈치챈 주 방위군은 무자비한 포격을 퍼부었다.

포탄이 비처럼 쏟아지는 상황에서 중앙헌터국의 요원들이 포로를 잡기 위해 은밀하게 움직이자 전방에서 습격을 지휘하고 있던 상급 이상의 장교들이 일제히 독을 물고 자결했다.

"강성준 씨! 우리가 이겼습니다!"

이든이 달려와 승전보를 전했다.

상급 이상의 지휘관들이 자결하자 그들의 부하들도 상관을 뒤따랐다. 미국은 결국 포로를 단 한 명도 확보하지 못했다. CIA와 중앙헌터국에서는 사망한 이들의 신원을 조회했고 그 결과 일부 용병들을 제외하면 국적을 알 수 없다는 결론을 내렸다.

전투가 끝나고 성준의 동조율은 63%가 되었다. '정의로운 방패'는 의문의 습격 때문에 행사가 취소되고 비밀리에 수여받게 되었다.

성준은 이미 '용의 가호'와 '기사 여단의 목걸이'를 끼고 있었다. 목에 너무 많은 것을 거는 것도 전투에 지장이 있기 때문에 비슷한 효과를 가지고 있는 '용의 가호'를 빼두기로 했다.

"강성준 씨."

짧은 노크와 함께 문이 열리고 금빛 단발에 안경을 쓴 제니퍼가 고개를 살짝 내밀었다.

"들어가도 되겠습니까?"

의자에 앉아서 스마트폰을 만지고 있던 성준이 고개를 끄덕이자 그녀는 안으로 들어와 성준의 앞에 앉았다.

성준은 '정의로운 방패'를 수여 받았지만, 레이드 정산 문제가 남아서 블레어 하우스에 머물고 있었다.

"뉴욕 레이드 정산이 끝난 겁니까?"

"네. 1시간 안에 입금될 겁니다."

"좋네요."

성준의 입가에 미소가 번졌다.

미국 측에서 배려해준 덕분에 블레어 하우스에서의 생활이 불편한 것은 아니었지만 역시 한국의 집만큼 마음이 편한 곳은 아니었다.

"정산금은 얼마입니까?"

성준은 제니퍼를 보며 물었다.

입금되면 알게 되겠지만 당장 알고 싶은 마음이었다. 제니퍼는 휴대하고 있던 태블릿 PC로 성준의 정산금을 조회했다.

"7천억입니다."

"생각보다 많네요."

제니퍼의 말에 성준은 솔직한 감상을 내놓았다. 이번 레이드에서는 MVP도 아니었고 대한민국 정부에서 약속한 추가 정산 보정도 없었다.

그래서 5천억 이하를 예상했었지만 그래도 대규모 SS급 레이드라서 그런지 정산금이 예상외로 엄청났다.

"레이드의 규모가 커서 강성준 씨에게 분배되는 정산금도 많습니다."

제니퍼는 미소를 지으며 말했다.

성준은 고개를 끄덕였다. 정산금이 많다는 건 좋은 일이었다.

잠시 대화가 끊기고 5분 동안 가벼운 침묵 속에서 성준은 스마트폰을 꺼냈다. 알림음이 들렸기 때문이었다.

"정산되었네요."

입금 내역을 조회할 수 있었다. 성준의 입가에 미소가 번졌다.

"금액은 확인하셨습니까?"

"네. 아무 문제 없습니다."

"다행이네요."

"그보다 습격자들의 조사는 끝났습니까?"

성준이 물었다.

습격자들은 제국의 수하들이니 성준도 관련이 없다고는 할 수 없었다. 그래서 알고 싶었지만, 제니퍼는 고개를 저었다.

"지금은 확정된 게 없어서 함부로 정보를 전달하기 곤란합니다."

"그렇군요."

성준은 미소를 지었다.

내부 사정상 알려줄 수 없다는 것을 돌려서 말한 것이었다. 이해가 안 가는 것은 아니었다.

미국을 공격했다고 해도 과언이 아닌 상황인데 조사 정보를 외부인인 성준에게 말하고 싶겠는가?

"강성준 씨."

제니퍼는 생각을 정리하고 있는 성준을 불렀다.

"예?"

"대통령님께서 연회에 초대하셨는데 참석하시겠습니까?"

5장
우리는 경고한다

"참석하겠습니다."

성준은 흔쾌히 고개를 끄덕이며 대답했다.

거절할 이유는 없었다. 하지만 걱정되는 게 있었다.

"그런데 괜찮겠습니까? 수여식에서 그런 난리가 있었는데……"

"연회는 비공식적으로 고위층만 초청해서 조용히 진행될 예정입니다. 그리고 추모는 엄중하게 치러졌으니 걱정하지 않으셔도 됩니다."

"참석하겠습니다."

대한민국으로 돌아가고 싶은 마음도 있었기 때문에 잠시 고민했지만, 대통령을 포함한 미국의 고위층과 연결 고리를 만들어두는 것도 괜찮다고 생각되었다.

"내일입니다. 이번에도 제가 수행을 맡았습니다."

제니퍼가 말했다.

"잘 부탁합니다."

성준이 대답했다.

다음 날, 성준은 제니퍼와 함께 차를 타고 연회장으로 이동했다. 연회장에는 많은 사람이 모여 있었지만, 미국 대통령인 에이든의 모습을 찾는 것은 어렵지 않았다. 사람들이 제일 많이 몰려 있는 곳에 그가 있었기 때문이었다.

연회장 안에서 안면이 있는 사람은 에이든밖에 없었기 때문에 성준은 그를 향해 발걸음을 옮겼다.

"강성준 씨!"

성준이 다가오자 에이든도 그를 반갑게 맞이했다.

"다들 아시겠지만, 뉴욕의 영웅 강성준 씨입니다."

에이든이 말을 마치자 작은 박수갈채가 쏟아졌다. 에이든은 이어서 성준에게 다른 사람들을 소개시켜 주었다.

그의 주변을 지키고 있던 5명은 미국 부통령을 포함하여 모두 정부의 고위층이었다. 특히 미국 부통령 루델은 성준에게 많은 관심을 보였다.

"잠시 둘이서만 이야기할 수 있을까요?"

"한국어를 잘하시네요?"

루델의 유창한 한국어 실력에 성준은 놀란 얼굴로 물었다. 그러자 루델은 희미한 미소를 머금었다.

"한국에서 외교관으로 지낸 적이 있었습니다."

그의 설명에 성준은 고개를 끄덕였다.

주변을 둘러보니 한창 성준을 칭찬하던 이들의 시선이 분산되어 있는 상태였기 때문에 잠깐 자리를 비우는 것은 괜찮을 것 같았다.

"잠깐이면 괜찮을 것 같습니다."

"감사합니다."

성준은 루델과 함께 연회장의 구석으로 발걸음을 옮겼다. 구석 진 곳에서 손에 든 와인을 한 모금 마신 루델은 제니퍼를 향해 시선을 보내며 입을 열었다.

"제가 한국어를 할 수 있으니까 통역은 불필요하지 않겠습니까?"

통역을 위해 따라온 제니퍼조차 방해된다는 말이었다.

'비밀 이야기인가?'

어떤 내용의 대화가 오고 갈지 궁금했다.

성준이 손을 휘젓자 제니퍼는 고개를 살짝 숙이고는 두 사람에게서 멀어졌다.

-주군. 주의하시는 게 좋을 것 같습니다. 부통령은 마력을 숨기고 있습니다.

리슈발트의 보고에 성준은 대답 대신 고개를 아주 작게 끄덕였다.

미국 부통령 루델을 만난 순간부터 그가 마력을 숨기고 있다는 사실을 간파했다. 고도의 기술로 마력을 숨기고 있었는데 본래의 양도 많지 않은 것 같았다. 기껏해야 C급 헌터 정도의 마력을 보유하고 있는 것 같았다.

-그뿐만이 아닙니다. 이계의 마력이 느껴집니다. 시기는 알 수 없지만 차원 관문을 넘었던 경험이 있는 것 같습니다.

이유는 알 수 없지만 리슈발트는 이계의 흔적에 예민했다.

'차원 관문을 넘었다면…… 제국 쪽 사람이라는 건가?'

당장에라도 리슈발트에게 묻고 싶었지만 루델이 코앞에 있어서 그럴 수 없었다.

생각해 보면 제국에서 전투원만 보냈을 리가 없었다. 혼란을 위해 공작원들도 지구에 다수를 침투시켰을 것이다. 정황만 보면 루델이 제국의 공작원일 확률은 높았다.

"할 말이 뭔가요?"

성준이 재촉했다.

루델이 제국의 공작원일지도 모른다는 생각을 하게 되자 성준은 그가 자신을 조용히 불러낸 이유가 더욱 궁금해졌다.

"'정의로운 방패'는 수여 받으신 겁니까?"

"정의로운 방패 말입니까?"

"그렇습니다."

성준은 두 눈을 가늘게 뜨고 생각을 정리했다. '정의로운 방패' 수여는 비밀리에 끝난 상황이었다.

그런데 미국의 부통령이나 되는 루델이 그 사실을 모르는 것은 이상했다. 혹시나 싶어서 그의 얼굴을 빠르게 훑었지만 정말 모르는 표정이었다.

"아직 수여 받지 않았습니다."

대통령 에이든이 부통령 루델에게 '정의로운 방패' 수여 사실을 전하지 않은 것에는 이유가 있다고 생각한 성준은 사실과 반대로 말했다.

"수여가 언제 진행되는지 전달받은 내용은 있습니까?"

"전혀요."

성준은 고개를 저으며 대답했다.

루델의 입가에 미소가 번졌다.

"그렇군요. 알겠습니다."

술잔을 비우며 루델은 성준에게서 몇 걸음 물러났다. 그와 함께 성준을 향해 싸늘한 시선을 던지며 입을 열었다.

"그리고 조언을 드리자면 빨리 귀국하시는 게 좋을 겁니다. 미국의 일에 너무 관여하지도 마세요."

목소리에 희미한 살기가 깃들어 있었다. 루델은 살기가 새어 나가지 않도록 신경 쓴 모양이었지만 성준을 속일 수는 없었다. 날카로운 목소리에 스며든 차가운 기류는 살기가 분명했다.

'제국 놈이 확실해.'

미국의 부통령이 성준에게 살기까지 흩뿌릴 일은 없었다. 성준은 루델이 제국의 군인이라는 것을 확신했다. 마력을 숨기고 있다고는 하지만 본래의 양이 많지 않은 거로 보아 제국 특무군 소속 유령 부대의 살수는 아닐 확률이 높았다.

노블 오더의 귀족 지휘관인 것 같습니다.

리슈발트가 말했다.

노블 오더의 귀족 지휘관처럼 정치적인 공작에 특화된 이들도 없었다. 그들은 전투 능력은 부족하지만, 머리가 좋은 엘리트들이었다.

'기분이 좋지는 않네.'

성준은 눈살을 찌푸렸다.

숨기려고 노력은 했지만 살기를 품었다는 것은 결론적으로 그 대상을 제압할 수 있다고 생각할 때였다. 루델이 누구라도 상관없었다. 그에게 얕보인 것 같아서 기분이 좋지 않았다.

"나도 그렇게 생각해."

고개를 끄덕이며 리슈발트의 의견에 동조하던 성준은 서둘러 입을 닫았다.

루델과 성준의 대화가 끝난 것을 확인한 제니퍼가 다가왔기 때문이었다. 리슈발트와 대화하는 모습을 다른 사람에게 보일 수는 없었다. 미친 사람 취급할 게 분명했다.

"표정이 좋지 않습니다. 무슨 일 있으셨나요?"

"아무 일도 없었습니다."

제니퍼의 물음에 성준은 고개를 저었다.

분명한 '경고'를 전달한 미국 부통령 루델의 태도 때문에 기분이 좋지는 않았지만 미국 고위층과 연결 고리를 만들 기회를 놓칠 수는 없었다.

연회는 늦은 밤이 되어서 끝났다.

"그럼 저도 들어가 보겠습니다. 필요하면 언제든지 불러주세요."

그녀가 방에서 떠나자 성준은 침실로 발걸음을 옮겼다. 고위 인사들을 만나는 것은 피곤한 일이었다. 성준은 금세 잠에 빠져들었다.

-주군!

옆구리에서 아찔한 통증이 느껴졌다.

리슈발트의 날카로운 경고에 성준은 침대 밑으로 몸을 던졌다.

"변형!"

반지 형태를 하고 있던 '로엘'이 검의 모습을 되찾았다. 성준은 본능적으로 기척을 찾아내고 그곳을 향해 검을 내찔렀다.

"커흑!"

예상치 못한 반격에 누군가 고통에 찬 신음을 토해내며 물러났다. 적을 당황하게 만들기에는 충분했지만 치명상을 입히지는 못했다.

성준은 암살자가 자세를 재정비하는 짧은 순간 부상을 확인했다.

'얕았다.'

숙면에 든 와중에도 심상치 않은 기척을 읽고 옆으로 몸을 날린 덕분에 상처는 깊지 않았다. 다행히 오러가 피부에 닿기 직전의 절묘한 순간에 몸을 빼낸 모양이었다. 그러나 이상할 정도로 고통스러웠다.

성준은 검을 들어 올린 채 암살자의 전신을 빠르게 훑어 마력을 가늠했다.

"특등 살수냐?"

제국 특무군 유령 부대의 특등 살수는 지구의 척도로 판단하면 SS급 중간 티어 정도의 실력자다. 결코 만만한 적이 아니었다. 성준의 물음에 복면을 한 특등 살수는 말없이 소검을 들어 올렸다.

-주군과 제가 기척을 거의 감지하지 못한 이유를 알 것 같군요.

리슈발트가 말했다. 성준은 대답 대신 고개를 작게 끄덕였다.

특등 살수의 '은신'이라면 63%의 성준과 리슈발트의 눈을 피할 만했다. 더군다나 수면 중이었으니 은신을 감지하지 못한 것도 이해되는 상황이었다.

'지금 나한테는 정의로운 방패가 있다.'

특등 살수의 선제공격으로 인해 불리한 위치를 잡혔지만, SS급 아이템 '정의로운 방패'를 착용하고 있었기 때문에 안도할 수 있었다. 목에 걸고 있는 '정의로운 방패'의 존재가 확연하게 느껴졌다.

'배후는 부통령인가……?'

'정의로운 방패'를 수여 받지 않았다는 거짓 정보를 알리기 무섭게 특등 살수가 암습을 가해왔다. 결코 우연이 아닐 것이다.

-옵니다!

리슈발트가 경고했다.

특등 살수는 빠르게 주변을 살피더니 성준을 향해 몸을 던지며 소검을 휘둘렀다. 성준은 검을 들어 올려 방어를 시도했다. 방어에 성공했다고 생각했다. 하지만 그것은 착각이었다.

"크윽!"

허벅지에서 통증이 느껴졌다. 성준은 반격을 펼치면서 상처를 확인했다. 깊지는 않았지만 심각한 고통이 몰려왔다.

'저주 옵션이 붙어 있는 아이템이 분명해.'

아이템이 아니라면 설명할 수 없는 고통이었다. 하지만 전생에 수많은 고통을 겪어본 탓에 참지 못할 정도는 아니었다.

'석화 저주나 드래곤 피어를 사용할 틈이 없어.'

성준은 특등 살수가 휘두르는 소검을 받아내거나 쳐내며 생각을 정리했다.

동작이 크거나 마력을 운용하는 시간이 많이 소모되는 기술을 사용할 수 없을 정도로 검을 주고받는 속도가 빨랐다.

1초에 100번에 가까운 검격이 오고 갔다. 전투가 계속되는 동안에도 누군가 달려오는 기척이 없었다.

마치 차원이 단절된 것처럼 특등 살수 외의 기척은 느껴지지 않았다.

"차원 단절이냐!"

"이제야 눈치챘는가? 로우켈의 가르침을 받은 것치고는 둔하군!"

차원 단절 결계는 내부를 외부와 완벽하게 차단한다. 성준은 입술을 살짝 깨물었다. 지원을 기대할 수 없는 상황이었다. 그는 자신의 '힐' 능력을 믿어보기로 했다.

"하앗!"

그는 기합과 함께 동귀어진의 검술을 펼쳤다. '죽음'을 각오하고 모든 것을 공격에 쏟아붓는 검술이었다.

"이런!"

특등 살수조차 예상하지 못한 일격이었다. 성준의 검은 특등 살수의 심장을 관통했다. 하지만 성준도 멀쩡한 모습이 아니었다.

"크윽!"

특등 살수가 심장에 찔리기 직전에 내찌른 검에 복부가 관통당했다. 내장이 치명적인 손상을 입었다.

하지만 성준의 입가에서는 미소가 떠나지 않았다. 그 모습을 본 특등 살수가 입을 열었다.

"내장이 완전히 상했다. 너도 곧 죽을 텐데 뭐가 그렇게 재밌냐?"

"미안하지만 나는 SS급 회복계라서…… 힐!"

치명상이었지만 빠른 속도로 회복되기 시작했다. SS급 회복계는 심장과 머리만 멀쩡하다면 치명상조차 치유할 수 있었다.

"비…… 겁한…….."

"전장에서 비겁한 건 없다."

특등 살수는 할 말을 잃었다.

하지만 곧 그의 입가에도 미소가 번졌다. 동시에 강력한 마력 반응이 감지되었다.

-자폭입니다!

리슈발트가 경고했다.

암살에 실패했을 때 자폭을 선택하는 살수들도 있었다. 성준은 '정의로운 방패'에 마력을 불어 넣으며 입을 열었다.

"앱솔루트 실드!"

목걸이에서 빛을 내뿜자 무색의 방어막이 성준을 보호했다. 그리고 눈부실 정도로 환한 빛이 성준을 덮쳤다. 충격조차 느껴지지 않았지만, 마력의 유동만 보아도 거대한 폭발이라는 것을 짐작할 수 있었다.

특등 살수가 만들어 둔 차원 단절 결계 덕분에 블레어 하우스가 폭발에 휩쓸리는 일은 없었다. 자폭을 끝으로 특등 살수는 아이템 몇 개만 남기고 시체조차 소멸했다. 그의 죽음을 끝으로 차원 단절 결계도 운명을 다했다.

"강성준 씨!"

문이 열리고 반쯤 무너져 내린 방 안으로 제니퍼가 중앙헌터국의 요원들과 함께 들어왔다.

그녀는 가장 먼저 성준의 몸을 살폈다. 그녀는 성준의 담당 요원이었다. 그의 신변에 이상이 생기면 곤란해지는 위치였다.

"괜찮으십니까?"

"무사합니다."

성준은 검을 반지의 형태로 되돌리며 대답했다.

옷에 피가 흥건하지만, 상처가 없는 것을 확인한 제니퍼는 안도했다.

"무슨 일이 있었던 거죠?"

어떤 일이 벌어졌는지 확실하게 알기 위해서는 제니퍼가 성준에게 질문했다.

성준은 철근 구조만 남을 정도로 엉망이 된 방에서 나오며 입을 열었다.

"암살 시도가 있었습니다."

"암살자의 시체가 없습니다. 도주한 건가요?"

"자폭했습니다."

"아…… 그렇군요."

성준의 설명에 제니퍼는 고개를 끄덕였다. 방 안이 '초토화' 된 이유와 암살자의 시체가 보이지 않은 이유를 알게 되었다.

"조금 쉬고 싶네요."

특등 살수와의 싸움은 많은 마력을 소모했고 자폭으로 인해 시체가 흔적조차 남지 않았기 때문에 '흡수'로 보충하지도 못했다.

"아! 죄송합니다!"

성준의 말에 제니퍼는 자신의 실수를 깨달았다. 암살에서 살아남은 사람을 상대로 조사를 하려고 했던 것이었다. 암살 시도에 당황한 탓에 벌어진 실수였다. 그녀도 성준에게 휴식이 필요하다고 생각했다.

"우선은 근처의 안전 가옥으로 이동하시겠습니까?"

블레어 하우스 근처에 CIA의 안전 가옥이 있었다. 중앙헌터 국의 것은 아니었지만 협조를 요청하면 사용할 수 있을 것이다.

제니퍼는 부하 요원에게 CIA에 협조를 요청하라는 지시를 내렸다. 그리고 자신은 스마트폰으로 중앙헌터국장에게 암습 에 대해 보고했다.

"CIA의 안전 가옥을 사용해도 좋다는 허가를 받았습니다."

제니퍼의 부하 요원이 보고했다.

"강성준 씨. 안전 가옥까지 저희가 동행하겠습니다."

"감사합니다."

"죄송합니다…… 강성준 씨의 안전을 책임지는 입장에서 이 런 상황이 발생했으니 드릴 말이 없습니다."

제니퍼는 고개를 숙였다. 암살 시도를 사전에 차단하지 못 한 것에 대해 잘못을 느끼고 있는 것이었다.

"상대는 SS급 헌터 중에서도 실력자였습니다. 은신까지 사 용하는 녀석이었으니까 사전 차단이 쉽지 않았을 겁니다."

제니퍼와 요원들이 사전에 눈치채고 차단하기 위해 움직였 다고 해도 결과는 변하지 않았을 것이라는 사실을 성준은 냉 정하게 설명했다.

제니퍼는 입술을 살짝 깨물었다.

그녀는 A급 마법계 헌터로 어딜 가서 무시당할 만한 헌터는 아니었지만, SS급과 A급의 차이는 너무나 컸다. 사실상 그녀가 SS급 헌터를 상대로 할 수 있는 것은 많지 않았다.

"안전 가옥으로 모시겠습니다."

제니퍼가 말했다.

성준은 그녀와 요원들과 함께 안전 가옥으로 이동해서 휴식을 취했다. 5시간 정도 잠을 잔 뒤, 아침에 되어서야 일어났다. 그는 간단하게 아침을 먹고 제니퍼를 불렀다.

"오래 기다렸죠? 이제 질문해도 됩니다."

성준이 말했다.

휴식은 충분했으니 이제 움직일 차례였다. 제니퍼에게 충분한 정보를 전달하면 암살의 배후가 확실해질 것이다. 배후로 미국 부통령 루델이 의심되는 상황이었지만 의심과 확신은 다른 법이었다.

"그럼 몇 가지만 여쭙겠습니다."

제니퍼가 몇 가지 질문했다.

성준은 있는 그대로를 설명했지만, 미국 부통령에 관한 이야기는 하지 않았다. 그것은 대통령을 만나서 직접 전해야 할 것 같았다.

"남은 건 대통령님에게 직접 전달하겠습니다."

"대통령님의 일정을 확인해 보겠습니다."

성준은 미국 대통령을 만나서 전해야 할 내용이 있다는 것을 말해두었다.

대통령과 대면할 때도 그녀가 동행하겠지만 중간에 보고를 거치는 것과는 다른 문제였다. 제니퍼는 심각한 이야기라는 것을 깨닫고 고개를 끄덕였다.

그녀가 성준의 말을 백악관에 전하고 1시간이 지나지 않아서 미국 대통령 에이든이 안전 가옥에 방문했다.

"강성준 씨! 소식은 들었습니다. 몸은 괜찮은 겁니까?"

에이든이 말했다. 제니퍼가 통역을 맡았다.

"부상을 입었지만 괜찮습니다. 저는 '회복계 헌터'니까요."

성준은 SS급 회복계 헌터였다. 마력 소모가 많기는 하지만 뇌와 심장만 멀쩡하다면 '치명상'까지 치유할 수 있다. 곧바로 치유할 수 있기 때문에 뇌와 심장에 치명상을 입는 것만 주의한다면 '동귀어진'의 검술을 펼치는 것도 가능했다.

일반 SS급 회복계 헌터였다면 전투 능력이 부족하여 동귀어진의 검술을 펼쳐도 압도적으로 당할 것이다.

제니퍼가 성준의 말을 전달하자 에이든은 그제야 심각한 표정을 풀고 미소를 지어 보였다.

"다행입니다!"

약간 과장된 반응이었지만 진심이 섞여 있었기 때문에 기분이 나쁘지는 않았다.

성준과 에이든은 서로를 마주 보고 앉았다. 딱딱한 의자가 적당한 긴장감을 유지하게 해줬다.

"주변을 물려주겠습니까?"

"어렵지 않습니다."

성준의 요청에 에이든은 수행원들에게 물러날 것을 지시했다. 안전 가옥의 넓은 방 안에 성준과 에이든을 제외하면 제니퍼만 남게 되었다. 그녀는 성준의 통역을 위해서 남아야만 했다.

밀담을 나눌 수 있는 환경이 조성되자 성준이 먼저 입을 열었다.

"이번에 저를 암살하려고 한 헌터는 수여식장을 습격했던 이들과 관련이 있습니다."

"어떤 식으로 관련이 있다는 말씀입니까?"

에이든은 희미한 미소를 머금은 채 대답했다. 자신이 가지고 있는 정보를 숨기기 위해 시치미를 떼는 실력이 보통이 아니었다.

"미국의 CIA는 유능하다고 들었습니다. 습격에 가담한 이들의 신원이 확실하지 않다는 것 정도는 보고 받으셨겠죠?"

"그렇습니다. 소수의 용병을 제외하면 모두 교묘하게 위조된 신분을 가지고 있었습니다. 추적을 해도 원래 신원을 알아내지 못했습니다."

"저는 수여장을 습격했던 이들과 같은 마력 파장을 이번 암살자에게서 느꼈습니다."

성준이 말했다.

리슈발트가 감지한 것이었지만 적당한 포장은 필요했다. 다만 그들이 이계인이라는 것은 말하지 않았다. 쉽게 설명할 수 있는 문제가 아니었다.

"그게 사실이라면 놀랄 만한 일이군요."

CIA에서는 이번 암습과 수여식장 습격의 연관점을 찾지 못한 상태였다.

"수여식장 습격에 고위층이 관련되어 있다는 것 정도는 파악하고 있겠죠?"

"물론입니다. 하지만 내부 배신자를 찾는 게 쉽지 않습니다."

CIA와 중앙헌터국은 유능한 정보기관이었지만 아무런 단서도 없는 상태에서 조사하는 건 쉽지 않았다. 습격자들은 실패했다고 판단한 순간 모두 독을 물고 자살했고 신원도 분명하지 않았다. 난국이었다.

"실은 연회장에서 수여식장 습격자들과 암살자들에게서 느꼈던 것과 같은 마력 파장을 지닌 사람을 봤습니다."

"그게 누굽니까?"

에이든은 다급한 마음에 서둘러 물었다. 통역을 맡은 제니퍼도 마른 침을 삼켰다.

"미국 부통령 루델 씨입니다."

"말도 안 됩니다."

고개를 저으며 단호하게 말하는 에이든. 루델을 신뢰하고 있었기에 당연한 반응이었다. 성준은 차분한 표정으로 입을 열었다.

"CIA를 움직여서 조사해 보면 다 나올 겁니다."

아무런 단서도 없는 상황에서 조사를 하는 것과 심증을 잡고 누군가를 대상으로 철저하게 조사를 하는 것은 차원이 다르다. 루델도 정보를 은폐했겠지만 CIA의 집중 조사를 당한다면 먼지 하나 나오지 않을 리가 없었다.

"조사라……."

에이든은 턱을 쓰다듬으며 중얼거렸다.

흔들리고 있는 게 분명했다. 수여식장 습격의 배후를 밝혀내지 못한 탓에 국민들로부터 받는 압박이 상당할 것이었다.

"CIA의 집중 조사라면 미심쩍은 부분을 밝혀낼 수 있을 겁니다. 아니면 간단한 테스트를 해도 좋습니다. 루델 씨는 분명 헌터가 아닌 걸로 되어 있죠?"

"그렇습니다."

"그런데 마력을 숨기고 있습니다. 정밀 조사 옵션이 붙어 있는 아이템으로 스캔해 보면 알 수 있을 겁니다."

"조사해 보겠습니다."

에이든은 일어나며 대답했다. 부통령 루델이 내부의 배신자

일지도 모른다는 정보를 들은 탓에 심각한 얼굴이었다.

그가 방에서 떠나자 제니퍼는 성준의 옆에 조심스럽게 다가가 입을 열었다.

"정말 부통령님께서 배후에 있는 겁니까?"

"적어도 연관이 있다고 생각합니다. 저는 확신할 수 있어요."

성준은 자신감 넘치는 목소리로 대답했다.

"이제 블레어 하우스로 다시 옮겨도 될 것 같습니다."

"괜찮으시겠습니까?"

"암습이 실패했으니까 당분간은 조용할 겁니다."

"블레어 하우스 주변 경비를 강화하겠습니다."

성준은 다시 블레어 하우스로 숙소를 옮겼다.

며칠 뒤, 미국 대통령 에이든이 다시 성준을 찾아왔다.

"강성준 씨가 옳았습니다."

에이든이 말했다. 그의 얼굴에는 여러 감정이 섞여 있었는데 그중에서도 분노한 기색이 가장 컸다.

"조사가 끝났습니까?"

"CIA에서 집중 조사를 했습니다. 쉽지는 않았지만 수여식 습격자들과 관련된 증거를 찾아냈습니다."

"다행이군요."

성준은 고개를 끄덕이며 대답했다.

잘된 일이었다. 자신감 넘치는 태도를 보였었지만 증거가 나오지 않을까 싶어서 마음을 졸였던 것도 사실이었다.

"마력을 숨기고 있던 것도 사실이더군요. 의심도 하지 않아서 지금까지 몰랐습니다."

"이제 어떻게 처리할 생각이십니까?"

"CIA와 중앙헌터국 요원들이 부통령 저택을 포위하고 있습니다."

에이든의 대답에 성준은 조금 놀랐다. 행동하는 속도가 생각보다 빠른 탓이었다.

"제가 동행해도 되겠습니까?"

성준이 조심스럽게 물었다.

예민하게 반응할 수도 있다고 생각했지만 에이든은 흔쾌히 고개를 끄덕이며 입을 열었다.

"강성준 씨가 가세해 주신다면 든든하죠."

"바로 움직이겠습니다."

성준은 CIA에서 제공해준 차량을 타고 부통령 저택으로 이동했다. 제니퍼가 그를 곁에서 수행했다.

성준이 도착하자 현장 책임자는 요원들을 전진시켰고 치열한 교전이 벌어졌다. 성준도 검을 들고 가세했다.

-부통령 부하들도 특무군 유령 부대 소속으로 보입니다.

리슈발트가 말했다. 일반 경호원들은 개전과 동시에 투항했다. 남은 것은 부통령 직속 부하들이었다. 리슈발트의 말대로 특무군 유령 부대의 무술과 살인 기술을 사용하는 것으로 보아 살수들이 분명했다.

성준은 저항하는 적들을 격파하고 중앙헌터국 요원들과 선두에 서서 부통령 집무실로 향했다.

굳게 닫혀 있는 문을 박차고 들어가자 그곳에 부통령 루델이 서 있었다.

모든 것을 포기한 것인지 초연한 표정이었다.

"노블 오더는 투항하지 않는다."

입에서 검붉은 피가 쏟아졌다.

"화, 황제 폐하 만세!"

6장
미국의 초청

　선명한 붉은색의 문장이 수 놓인 찬란한 금색의 제복을 입은 남자가 긴 복도를 걸어가고 있었다. 뱀처럼 간사해 보이는 인상을 한 남자의 걸음에서 다급함이 느껴졌다.

　이윽고 그는 고급스러운 문양이 각인된 원목 재질의 커다란 문 앞에서 멈춰 섰다.

　"제스퍼 후작님이 오셨다는 소식을 공작님께 전하겠습니다."

　문을 지키고 있는 기사가 예의를 갖춰 말했다.

　제스퍼는 제국의 검성이면서 노블 오더의 참모장이라는 높은 위치에 있었다. 심지어 후작이라는 작위도 있었다.

　"허가하셨습니다. 문을 열겠습니다."

　기사가 고개를 끄덕이는 것으로 신호를 보내자 다른 기사 2명이 문을 열었다.

노블 오더 사령관 아벨 공작의 넓은 집무실이 모습을 드러냈다.

제스퍼의 시선이 빠르게 내부를 훑었다.

아벨은 창가를 등진 채 문 쪽을 향해 앉아 있었고 그의 옆에 붉은 장식이 새겨진 금색 제복을 입은 노블 오더의 참모들 몇 명이 시립해 있었다. 유일하게 다른 제복을 입은 백발의 남자가 한 명 있었는데 그는 특무군 사령관 아레스 백작이었다.

"제가 조금 늦었습니다."

노블 오더의 참모들이 모인 곳에 다가가자 그들은 제스퍼가 설 자리를 만들어주었다. 제스퍼가 자리에 서자 노블 오더의 사령관 아벨이 입을 열었다.

"루델 자작이 죽었다."

미국에서 부통령으로 공작을 펼쳤던 루델의 작위는 '자작'이었다.

아벨의 말에 참모들은 동요했다. 공작의 앞이라서 어수선하게 입을 열지 못했지만, 서로를 보는 눈빛이 떨려왔다.

"여기 있는 특무군 사령관 아레스 백작이 루델 자작의 죽음을 전해주었다."

루델의 저택을 지키고 있었던 이들은 대부분 그의 사병 집단이었지만 여러 공작을 위해 지구에 파견된 특무군 유령 부대의 살수들도 다수 있었다. CIA와 중앙헌터국의 포위는 완벽했지만 멀리서 유령 부대의 특등 살수가 지켜보고 있었다는 것은 알지 못했다.

그는 루델이 독을 먹고 자살했다는 사실을 감지하고는 아레스 백작에게 서둘러 보고했던 것이다.

"위장 신분이 노출된 건가요?"

젊은 참모가 물었다.

아벨은 차분한 표정으로 입을 열었다.

"아무래도 지구에서 우리의 존재에 대해 꿰뚫고 있는 자가 있는 것 같다."

"그게 누굽니까?"

제스퍼가 차가운 목소리로 물었다.

제국의 존재에 대해 알고 있는 자가 있다면 최우선 척살 대상으로 삼아야만 했다. 자칫하면 철저하게 준비한 황제의 대계를 흔들 변수가 될 수도 있기 때문이었다.

"제스퍼 후작도 얼마 전에 보고를 받았을 거다. SS급 헌터 강성준이다."

"로우켈의 제자로 의심된다던 녀석 말이군요."

제스퍼는 고개를 끄덕였다.

보고 받은 적이 있었지만, 그 당시만 해도 대수롭지 않게 여겼었다. 무엇보다 죽은 로우켈은 제자가 없었고 지구과 접점도 없었기 때문이었다. 그래서 잘못된 정보라고 생각하고 있었다.

'로우켈 무서운 놈…… 도대체 언제 제자를 만들어둔 거지?'

입술을 살짝 깨물었다.

침략 준비의 선봉에 선 노블 오더와 차원 기동부대, 기사 여단, 그리고 특무군과 정보총국은 제국의 존재를 들키지 않기 위해 노력했다.

성준이 제국과 종족 연합에 대한 기본적인 지식이 있는 게 아니었다면 간파하지 못했을 것이다.

"종족 연합의 뉴욕 상륙 작전도 SS급 헌터 강성준이 사전에 정보를 얻어서 저지한 것으로 보인다. 그 증거로 상륙 직전에 특무군 거점 하나가 무력화된 것을 확인했다. 이걸로 미국 정부와의 관계도 가까워진 모양이더군."

아벨이 말했다.

상황은 제스퍼의 생각보다 심각했다. 성준이 미국 정부와 가까운 협력 관계를 유지한다면 제국과 종족 연합에 대한 정보가 더 넘어갈 우려가 있었다.

"나는 루델의 죽음에 관여한 것만 봐도 강성준이 미국에 '협력'을 하고 있다고 본다."

"하지만 공작님. 제국과 종족 연합과도 같은 정보는 이계, 그러니까 지구의 인류가 쉽게 믿기에는 방대한 정보입니다."

제스퍼의 말에 아벨은 고개를 끄덕이며 입을 열었다.

"하지만 알려지는 것도 시간문제다."

"아무래도 그렇겠지요……."

제스퍼가 입술을 살짝 깨물며 대답했다.

부정할 수 없었다. 제국과 종족 연합의 존재가 한 번에 받아들이기에 방대한 정보이기는 하지만 성준에 대한 미국 정부의 신뢰도가 높아질수록 이계의 존재에 대해 쉽게 받아들일 것이다.

"당장 제국군을 보내야 하지 않겠습니까?"

젊은 참모 한 명이 아벨의 앞임에도 불구하고 흥분을 이겨내지 못해 외쳤다. 실례였음에도 불구하고 아벨은 불쾌한 기색 없이 고개를 저으며 입을 열었다.

"아직 왕국 연합과의 문제가 정리되지 않았다. 대규모 군대 파견을 불가능하다."

왕국 연합은 총동원령을 펼치면서 대대적인 반격 작전을 펼치고 있었다. 제국 북쪽 6개의 거대 왕국이 연합해 결성한 이 세력은 제국의 입장에서도 결코 만만한 상대가 아니었다.

"그리고 이계 침공 계획은 종족 연합에서 맡기로 했다."

아벨의 말대로 이계, 그러니까 지구에 대한 공격은 동맹 결성 순간부터 종족 연합에서 대부분을 맡기로 했었다.

지구의 인류는 대부분이 마력을 다루지 못하기 때문에 종족 연합의 마물들이 상대하기 수월하다는 게 그 이유였다. 종족 연합이 이계 침공 계획의 대부분을 담당하는 대신 제국은 왕국 연합과의 전선을 책임졌다.

"종족 연합의 일에 너무 간섭하는 것도 아니라고 생각한다."

"공작님의 말씀이 옳습니다. 제 생각이 짧았습니다."

젊은 참모는 고개를 끄덕였다.

뱀처럼 간사한 얼굴을 한 이 사내는 실제로 성격도 간신배와 같았다. 그래서 빠져야 하는 순간을 알고 있었다.

"강성준이 그렇게 위험한 인물이라면 루델 자작은 어째서 그를 제거하지 않았던 겁니까?"

선봉으로 지구의 고위층에 침투하여 공작을 펼치는 임무를 맡은 루델의 역할 중에는 최우선 위험 요소의 제거도 포함되어 있었다. 제스퍼의 물음에 아벨은 기억을 더듬었다.

"루델 자작은 강성준이 '정의로운 방패'를 수여 받기 전에 그를 암살하려는 계획을 가지고 있었던 것 같았다. 그래서 특등 살수를 보냈지만 잘못된 정보 등 여러 요소로 인해 암습이 실패한 것 같다."

"특등 살수의 암습이 실패했다는 말입니까?"

"이럴 수가! SS급 마도구인 '정의로운 방패'를 착용했다고 하더라도 믿을 수 없는 일입니다!"

노블 오더의 참모들은 경악할 수밖에 없었다.

제국 특무군 유령 부대 소속 특등 살수들의 암살은 은밀하고 치명적이었다. 동급의 전투 능력을 가지고 있는 이들조차 암습을 사전에 감지하기 힘들 정도였다.

"믿을 수 없습니다. 특등 살수의 암습을 막았다는 것은 기사 여단 서열 20위 안에 들어가는 실력자라는 소리 아닙니까?"

참모 한 명이 말했다. 그는 다른 이들의 이해를 돕기 위해서 서열로 무력의 수준이 정리된 기사 여단을 판단 척도로 예를 들었다.

"특무군 조사 부대와 정보총국에서는 최악의 경우 강성준이 검성급일 수도 있다고 판단하고 있다."

침묵을 지키고 있던 제국 특무군 사령관 아레스 백작이 말했다.

'검성'이라는 무거운 단어의 등장에 노블 오더의 참모들은 마른침을 삼켰다. 검성의 칭호를 가진 이는 수십만 명의 정예 기사를 보유한 제국에도 현재 25명밖에 없는 괴물들이었다. 그들 중 13명이 기사 여단에 소속되어 있었지만 9명은 리도니아 대평원의 전투에서 로우켈에게 죽은 검성들의 보충이었기 때문에 실력이 믿음직스럽지 못했다.

"지금 상황에서 적대 세력에 검성이 출현한 것은 반갑지 않은 소식이군요."

제스퍼의 말을 그 누구도 반박하지 못했다.

미국 부통령 루델이 자결하면서 최후의 힘을 짜내어 외친 말은 '황제 폐하 만세'였다. 이계어로 외쳤기 때문에 동행했던 성준만 그 의미를 알 수 있었다.

미국 대통령 에이든은 굳이 성준에게 의미를 묻지 않았다. 대신 중앙헌터국 소속의 요원 중에서 이계어를 알고 있는 이를 불러서 기억 속의 발음을 전했다.

중앙헌터국의 요원은 발음을 곱씹더니 이내 입을 열었다.

"'황제 폐하 만세'라고 소리친 것 같습니다."

그 자리에 동행하고 있던 성준은 에이든의 굳은 얼굴을 보게 되었다. 이것으로 이계에 제3세력이 존재한다는 사실이 미국에 알려지게 된 것이었다. 심지어 루델의 태도와 수여식장 습격 사건으로 볼 때 그들은 지구에 호의적이지 않은 것 같았다.

'모든 열쇠는 강성준 씨가 가지고 있다……!'

에이든의 시선이 성준에게 향했다.

그가 보기에 성준은 제3세력과 관련된 이를 찾아낼 수 있는 능력이 있는 것 같았다. 부통령까지 제3세력과 관련 있다고 밝혀진 지금 그를 제외하면 믿을 수 있는 사람이 없었다.

"강성준 씨. 조금만 협조해 줄 수 있겠습니까?"

"알겠습니다."

에이든의 요청에 성준은 흔쾌히 고개를 끄덕였다.

자세한 설명은 없었지만 어떤 협조를 해야 하는 것인지 알 것 같았다. 현시점에서 미국 대통령 에이든은 제3세력과 관련이 없는, '믿을 수 있는 고위층'을 분별하는 게 최우선 과제였다. 에이든은 며칠 동안 CIA 국장이나 중앙헌터국 국장 및 국방 장관과도 같은 핵심 인사들과 성준이 대면할 기회를 만들었다. 성준이 확인한 결과 다행히 루델과 같은 이계인은 없었다.

"다행입니다."

"아직 안심하기에는 이릅니다. 핵심 인사들은 관련이 없다고 결론 났지만, 분명히 제3세력과 내통하는 자가 더 있을 겁니다."

안심하는 에이든을 보며 성준이 충고했다. 그는 제국에 대해서 잘 알고 있었다. 부통령이었던 루델을 중심으로 그를 보좌했던 공작원들이 더 있을 것이다. 우두머리를 잃었으니 조용히 기회를 엿보고 있을 것이다.

확인 작업이 끝난 다음 날 성준은 한국으로 돌아갈 준비를 서둘렀다. 블레어 하우스를 나와 차량으로 이동하고 있을 때였다.

에이든이 찾아왔다.

"미국을 도와주십시오."

미국 내의 이계인 토벌에 도움을 달라는 것이었다.

미국이 침투한 노블 오더와 특무군은 은밀하게 움직였기 때문에 표적을 잡고 조사하지 않는 이상 흔적을 찾기 힘들었다. 측근들만 살피면 된다고 생각했던 것은 오판이었다.

"인류를 도와주십시오. 제3세력의 목적은 미국뿐만이 아닐 겁니다."

에이든은 성준을 설득하기 위해 '인류'라는 거창한 단어까지 들먹였다. 그의 말이 틀린 것은 아니었지만 성준은 고개를 저으며 입을 열었다.

"유감스럽게도 저는 미국이나 인류를 위해 움직이지 않습니다."

성준은 마음에도 없는 소리를 했다. 제국과 종족 연합은 복수를 위해서 짓밟아야 할 대상이었지만 이왕 움직일 때 실리를 챙길 수 있다면 좋은 것이었다.

"한국에 있는 아버지랑 길드원들도 걱정이 되어서요."

"강수혁 씨를 말씀하시는 것이군요. 허락하신다면 미국 정부에서 국빈으로 초청하겠습니다. 길드원들도 함께요."

에이든의 태도가 성중했다. 현 상황에서 성준의 도움이 얼마나 절실한지 알고 있기 때문이었다.

성준은 미국 대통령 에이든의 제안을 거절하지 않았다. 아버지인 수혁의 병원 문제가 남아 있기는 했지만, 담당 교수에게서 항공기를 타도 좋다는 의견을 받아낸 후, 일은 빠르게 진행되었다.

에이든은 성준이 수혁의 건강 문제로 걱정할까 봐 미국에서 지낼 동안 최고의 의료진을 약속하고 준비했다. 수혁과 로드 길드원들의 미국행이 결정되고 출발을 하루 앞둔 상황이었다. 설아에게서 전화가 걸려왔다.

-저도 갈래요.

그녀는 미국 동행 의사를 밝혔다.

"오세요."

성준은 흔쾌히 대답했다. 엄밀히 말하면 총무도 길드원이었다. 그래서 먼저 챙기지 못해서 미안했다. 회사 일이 있을 거라고 생각할 수도 있겠지만 청룡 그룹 회장은 설아와 성준의 관계를 가장 중요하게 생각하고 있기 때문에 그녀가 요청만 한다면 업무가 줄어들 것이다.

처음에 설아는 청룡 그룹 회장이자 할아버지인 윤태석이 자신을 신뢰하지 못한다고 생각해서 그것을 싫어했었지만 시간이 지나면서 성준과 가까워지자 긍정적으로 받아들이게 되었다.

-정말 가도 되는 거죠? 나중에 말 돌리지 마세요.

"걱정하지 마세요. 제가 잘 말해두겠습니다."

-저 꼭 갈 거예요!

"알겠습니다."

자신을 찾아주는 사람이 있다는 것은 기쁜 일이었다.

성준의 입가에 미소가 번졌다.

통화가 끝나자 성준은 제니퍼를 불렀다. 추가 인원이 있다는 사실을 알리기 위해서였다. 가능하면 설아도 국빈 자격을 부여해 주고 싶었다. 그녀도 로드 길드원이기 때문에 불가능한 일은 아닐 것이라고 생각되었다.

"추가 인원이 있다고 백악관에 전달했습니다."

제니퍼는 사소한 근심조차 날려 버릴 정도로 확실하게 대답을 남겨 주었다.

"전세기를 보냈으니 늦어도 4일 안에는 가족 분과 길드원들을 만날 수 있으실 겁니다."

"수고 많으셨습니다."

성준은 고개를 끄덕였다. 일처리가 마음에 들었다.

그녀의 말대로 수혁과 길드원들은 4일 뒤, 미국에 도착했다. 에이든은 그들을 국빈으로 대접했다. 배정된 숙소는 당연히 블레어 하우스였다.

특등 살수가 성준을 암습하고 자폭을 하면서 손상이 생겼지만 결계 덕분에 방 하나가 날아갔을 뿐이었고 블레어 하우스는 넓었다.

수혁과 로드 길드원들은 미국에서 제공한 의전 차량을 타고 블레어 하우스에 도착했다. 수혁은 도착하기 무섭게 에이든이 제공한 실력 있는 의료진으로부터 건강을 체크 받았고 성준은 로드 길드원들에게 '일'이 시작되기 전에 하루의 휴식 시간을 주었다.

설아가 성준의 방에 찾아왔다.

"오랜만이네요."

그녀는 미소를 머금은 채 말했다. 그녀의 목소리에서 반가운 감정이 묻어 나왔다. 설아는 숨기려고 노력하는 것 같았지만 너무나 그 감정이 너무 선명해서 곧바로 드러났다.

"잠깐 다녀온다고 했는데…… 이주일 가까이 계신 것 같은데요?"

설아는 부드럽게 눈을 흘겼다. 앙탈을 부리는 고양이 같은 그 모습이 귀여웠다. 그녀는 감정을 숨기려고 노력하는 편이었지만 언제나 고스란히 드러나는 걸 본인은 모르는 모양이었다.

'특히 술을 마시면 많이 드러나지.'

성준은 입가에 미소를 머금은 채 고개를 저었다.

그 모습을 본 설아는 입술을 살짝 내밀었다.

"왜 그러세요?"

"아무것도 아닙니다."

"아무튼 얼굴 봤으니까 됐어요. 비행기를 너무 오래 타서 피곤하니까, 조금 쉴게요."

"그렇게 하세요."

설아는 뭔가 아쉬운 표정을 짓더니 이내 몸을 돌려 방에서 나갔다. 성준은 정철이 가져다준 책을 심심풀이 삼아서 30분 정도 읽다가 덮었다.

그리고 제로스를 만나기 위해 조용히 발걸음을 옮겼다. 미국 부통령 루델이 노블 오더였다는 사실을 알리기 위해서였다. 에이든으로부터 협력 요청을 받을 때부터 로드 길드에는 정보 공개를 해도 좋다는 허가를 받았다. 물론 허가가 없더라고 제로스한테는 말할 생각이었다.

"제로스."

성준은 제로스가 배정받은 방문을 열고 들어갔다. 제로스는 책상 앞에 앉아서 아이템으로 보이는 반지를 살피고 있었다.

"강성준 경이십니까?"

"역시 제로스야."

성준의 입가에 미소가 번졌다.

제로스는 마도학자라서 개인의 마력 반응을 잡아내는 것을 잘했다. 기척을 죽이지 않았으니까 성준이 복도에 나왔을 때부터 그의 마력을 눈치챘을 것이다.

"본론부터 이야기할게."

"말씀하세요."

"루델 알지?"

"얼마 전에 심장 마비로 죽은 미국 부통령 아닙니까?"

제로스가 대답했다.

루델의 사인은 공식적으로 심장 마비였고 성준은 아직 제로스에게 자세한 내막을 말하지 않았다.

"노블 오더였어."

"그게 정말입니까?"

"그래."

"그건 좀 놀라운 일이군요. 어느 정도 예상은 했지만 설마 진짜로 노블 오더에서 귀족 지휘관을 보냈을 줄은 몰랐습니다."

제로스는 이계에 정보원을 두고 있었지만 노블 오더의 귀족 지휘관 파견 사실은 제국에서도 극비로 다뤄지고 있었기 때문에 알기 힘든 정보였다.

"나를 죽이려고 특등 살수까지 보냈어."

"암습을 시도한 특등 살수를 죽인 겁니까?"

성준이 고개를 끄덕이자 제로스는 놀란 표정으로 입을 열었다.

"특등 살수의 암습은 막기 힘들기로 유명한데…… 역시 강성준 경이십니다. 로우켈 경의 제자답습니다."

제국 특무군 유령 부대의 특등 살수들은 이계에서도 공포의 대상이었다. 그들의 암습은 은밀하고 치명적이었다. 지구의 척도로 판단하면 SS급 중간 티어 정도의 전투력이 암습을 시도할 때는 비약적으로 상승한다.

그들은 암살의 프로였다. 전생의 경험과 리슈발트의 경고가 없었다면 당했을지도 모른다. 성준은 새삼스레 리슈발트에게 고마워졌다.

"루델 부통령 외에도 위장 침투한 귀족 지휘관들이 있을 겁니다."

"아무래도 그렇겠지."

제로스의 말에 성준은 고개를 끄덕이며 동조했다.

제국 특무군 다수가 지구 곳곳에 퍼져 있는 상황에서 노블오더에서 귀족 지휘관을 한 명만 보냈을 리가 없었다.

"아, 그리고 조력자를 한 명 만났어. 이계인이야."

성준이 말했다. 제로스는 두 눈을 반짝였다.

"그게 누구입니까?"

"안펠스야."

"안펠스 경이라면 저와도 친분이 있었습니다. 제가 지구로 넘어오는 걸 도와줬었습니다. 믿을 수 있는 기사입니다."

제로스는 여단의 기사들을 많이 알고 있었다. 그러다 보니 안펠스와도 친분을 쌓았었고 지구로 넘어올 때 도움도 받았었다.

"그건 몰랐던 거네."

정보를 교환할 때 성준은 제로스에 대한 이야기를 하지 않았었다. 그래서 안펠스도 성준이 제로스와 함께 있다는 사실을 알지 못했고 군이 제로스의 도주를 도왔다는 말을 하지 않은 것 같았다.

"안펠스 경은 뭘 하고 지냈습니까? 리도니아 대평원 전투 소집에 응하지 않았다는 건 들었습니다."

리도니아 대평원 전투를 위한 소집에 제국의 기사들이 응하지 않았다는 것은 도주 중인 제로스조차 알 정도로 널리 퍼진 사건이었다.

"뉴욕 거점 지휘관을 맡고 있었어."

"정말입니까?"

제로스는 놀란 얼굴로 되물었다. 뉴욕 거점의 위치를 알려준 사람은 다름 아닌 그였기 때문에 놀랄 수밖에 없었다.

"소집 불응한 기사들이 처형은 피했지만 대부분 좌천되거나 은둔했다고 들었는데……."

리도니아 대평원 전투의 소집 불응의 경우 황명을 거역한 게 되기 때문에 처형당할 수도 있었지만 워낙에 많은 기사가 뒤로 물러나는 바람에 좌천이나 전역에서 그칠 수 있었다.

"안펠스도 기사 여단에서 물러났다가 최근에 제국의 부름을 받고 특무군 조사 부대에 합류했다고 들었어."

안펠스도 침략에 찬성하는 쪽은 아니었고 제국을 위해 다시 검을 드는 것을 꺼렸지만 황명을 한 번 더 거역하는 것은 부담이 컸다. 이번에는 꼼짝없이 처형당했을 것이다.

"안펠스 경은 뛰어난 기사입니다. 하지만 황명을 거역하고 물러난 기사를 재등용할 정도면 제국도 많이 힘든 모양입니다."

"왕국 연합이 대대적인 반격 작전을 펼치고 있으니 제국도 쉽지는 않겠지."

성준도 왕국 연합이 총동원령까지 발령했다는 사실은 성준도 알고 있었다.

제로스와 산도르 덕분이었다. 산도르는 성준이 각성 던전에서 만난 왕국 연합 중앙 3군 소속의 기사였다.

"왕국 연합도 결코 작은 세력은 아니니까요."

제로스가 말했다. 성준은 고개를 끄덕이며 주머니를 뒤적였다. 이윽고 뭔가를 꺼내서 제로스에게 건넸다.

"리오딘 수정이군요."

"안펠스가 협력해 준 덕분에 쉽게 가져올 수 있었어. 이거면 충분해?"

"물론입니다. 이거면 차원 관문을 열 수 있는 아이템을 만들 수 있습니다."

자신감 넘치는 목소리로 대답하는 제로스를 보며 성준은 미소 지었다.

"공방이 없어도 괜찮겠어?"

제로스의 공방은 대한민국에 있는 성준의 저택 지하에 있었다. 성준은 걱정했지만 제로스는 입꼬리를 끌어 올렸다.

"진정한 마도학자는 공방 없이도 본 실력을 발휘하는 법입니다. 걱정하지 마세요."

성준은 제로스를 믿고 맡기기로 했다.

다음 날 성준과 제니퍼 앞에 로드 길드원들이 모였다. 제니퍼
는 성준을 대신해서 제3세력에 대해 설명하고 협조를 구했다.

제로스와 달리 제국과 종족 연합에 대해서 모르는 로드 길
드원들에게 있어서 제니퍼가 말해주는 정보는 충격이었다

이계인이라고 하지만 사람을 죽여야만 하는 일이었기 때문
에 성준은 살인에 익숙하지 않은 신철과 장훈을 제외했다. 저
택 방어와는 달리 먼저 가서 사람을 죽이는 일이었다. 거부감
이 들 수도 있다고 생각한 것이었다.

"형님! 저희도 함께하고 싶습니다!"

"괜찮아. 미국에 왔으니까 관광이라도 하고 있어."

장훈은 끼고 싶어 하는 눈치였지만 성준은 고개를 저었다. 그
가 완강한 태도를 보이자 장훈도 의견을 굽힐 수밖에 없었다.

"그렇다면 '사냥'은 언제부터 시작입니까?"

정철이 물었다.

그는 철저하게 실리를 추구하는 성격이었다. 그는 사업을
하는 사람이었고 이번 일로 미국과 우호적인 관계를 쌓아서

그들에게 도움을 받을 수 있다는 것을 잘 알고 있었다.

"CIA랑 중앙헌터국에서 정보를 수집하고 있으니까 곧 시작될 거야."

성준이 대답했다. 성준은 얼마 전부터 정철에게 말을 놓았다.

곧 사냥이 시작된다는 말에 정철은 아닌 척해도 긴장되는 것인지 마른침을 삼켰다. 저택을 방어하기 위해 습격자들을 죽인 적이 있었지만 '정당방위'와 '사냥'은 다른 문제였다. 먼저 가서 사람을 죽인다는 것은 심적으로 많이 부담될 것이었다.

"로드 길드를 지원할 병력은 미국 정부에서 투입하겠습니다."

제니퍼가 말했다.

모두들 긴장한 표정으로 고개를 끄덕였다. 신철과 장훈은 자신들만 빠진다는 사실에 마음이 편치 않는 표정이었고 정철은 긴장한 듯했다.

한석은 무표정이었다. 하지만 그에게는 '충성의 룬'이 각인되어 있었기 때문에 걱정은 없었다.

"이만 해산."

모였던 길드원들이 각자의 방으로 흩어졌다. 그리고 이틀 뒤, CIA가 정보를 물어왔다.

7장
척살령

"CIA에서 정보를 입수했습니다."

성준과 정철, 그리고 한석과 제로스가 모인 자리에서 제니퍼가 말했다.

미국 부통령 루델의 죽음 이후로 CIA와 중앙헌터국은 모든 인원을 동원해서 미국 고위층 인사들을 조사했다. 조금이라도 수상한 정황이 잡히면 집중 조사에 들어갔다.

주로 루델과 조금이라도 접점이 있었던 이들을 중심으로 조사가 진행되었고 그 결과 CIA와 중앙헌터국은 이계인일지도 모르는 몇 명의 용의자를 찾아낼 수 있었다.

"지금부터 강성준 씨의 역할이 중요합니다."

제니퍼가 말했다.

지금으로써는 이계인의 정체를 확실하게 밝혀낼 수 있는 이는 성준이 유일했다. 그에게 의지할 수밖에 없었다.

"확인을 하려면 접근해야 합니다."

"자리를 만들겠습니다."

"좋습니다. 그런데 의심 가는 사람이 누구입니까?"

"가스트 상원 의원입니다. 여기 간단한 신상 정보입니다."

성준은 제니퍼가 건네준 서류를 받아서 읽었다. 가스트의 사진이 여러 장 붙어 있었고 그의 신상 정보가 적혀 있었다.

약 3분 만에 서류 정독을 끝낸 성준은 그것을 제니퍼에게 다시 돌려주었다.

"언제입니까?"

가스트의 이계인 여부를 확인하는 일정이 언제인지 묻는 것이었다. 제니퍼는 차분한 표정으로 입을 열었다.

"이틀 후입니다."

"현장에서 바로 처리합니까?"

성준은 적극적인 모습을 보였다. 제국과 종족 연합은 그의 적이었다. 그런데 미국의 도움과 보수를 받으면서 그들을 처단할 수 있으니 기쁜 일이었다.

"그건 아닙니다. CIA에서 수집한 정보에 의하면 가스트의 저택에서 모종의 비밀 집회 같은 게 있을 모양입니다. 그가 제3세력의 사람으로 확정이 되면 병력을 움직여 공격할 예정입니다."

제니퍼는 앞으로의 계획은 설명했다.

성준은 고개를 끄덕였다. 가스트 한 명을 잡아 죽이는 것보다 연관된 이들까지 이번 기회에 정리하는 게 좋았다. 사냥이 계속될수록 적들도 어두운 곳으로 숨어들 테니까.

-루델이 죽고 대책을 강구하기 위해 모이는 것 같습니다.

리슈발트가 말했다.

다른 사람들이 있어서 대답하지는 못했지만, 성준도 같은 생각이었기 때문에 작게 고개를 끄덕였다.

미국 부통령이었던 루델은 지구에 파견된 노블 오더들의 지휘를 맡았을 것이다. 그의 죽음으로 지휘 공백이 생겼으니 그것을 회복하기 위해 남은 이들 몇 명이 대표로 모여 의논할 생각인 것 같았다.

"나중에 자세한 일정을 알려주세요."

"알겠습니다."

제니퍼의 대답을 끝으로 브리핑이 끝났다.

길드원들이 먼저 방을 나섰고 성준은 제니퍼와 대화를 몇 마디 나눈 뒤, 방에서 나왔다. 밖에서 설아가 그를 기다리고 있었다.

그녀는 성준을 보며 걱정스러운 시선을 보냈다. 전투원이 아니라서 회의에 참석하지 않은 그녀는 성준과 로드 길드원들이 전투를 앞두고 있다는 것 정도만 알고 있었다.

"위험한 일 아니죠?"

성준의 시선이 설아에게 향했다.

"아무 일도 없을 겁니다."

목소리에서 자신감이 넘쳤다. 헛된 자신감이 아니었다.

"믿을게요."

설아는 성준을 믿었다. 그녀는 차분하게 대답했고 성준은 미소를 지었다.

그리고 제니퍼와 함께 방으로 돌아와서 계획을 정리했다. 이틀의 시간은 금방 흘러갔다.

성준은 가스트가 이계인인지 확인하기 위해 백악관 만찬장으로 이동했다.

"가스트에게 들키면 안 됩니다."

갑자기 초대받지도 않은 성준이 나타나면 가스트도 경계할 것이다. 그렇게 되면 노블 오더의 집회로 추정되는 모임이 취소될 수도 있었다.

"걱정하지 마세요."

"경호원들에게는 말해두었습니다. 제지하지 않을 겁니다."

"알겠습니다."

성준은 은밀하게 이동했다. 은신을 사용하지 않았지만, 경호원들의 눈에 띄지 않고 만찬장으로 부드럽게 스며들었다.

'가스트다.'

기척을 죽인 채 기둥 뒤에 숨어서 만찬장을 훑었다. 그는 곧 가스트를 발견하고 두 눈을 빛냈다.

"리슈발트."

성준은 자신의 충직한 부관의 이름을 불렀다. 리슈발트는 가스트를 보며 차분한 표정으로 입을 열었다.

-이계에서 넘어온 게 확실합니다. 흔적이 남아 있습니다.

"좋아. 돌아간다."

성준은 제니퍼가 있는 곳으로 돌아갔다. 그녀는 긴장한 표정으로 성준을 기다리고 있었다.

"결과는 어떻습니까?"

"제3세력의 사람이 맞습니다."

"설마 했지만 가스트 상원 의원까지……."

제니퍼는 다소 충격을 받은 듯한 얼굴이었다.

가스트는 미국 대통령 에이든의 측근은 아니었지만 튼튼한 지지기반 중 하나였다. 특히 중앙헌터국의 예산과 관련된 위원회의 위원장을 맡고 있었기 때문에 충격이 클 수밖에 없었다.

"제3세력이 생각보다 깊이 침투했네요."

"부통령이었던 루델도 제3세력이었습니다. 특수예산집행 위원장 한 명이 제3세력이라고 해서 새삼스럽게 놀랄 건 없지요."

성준은 냉정하게 판단했다.

제니퍼도 고개를 끄덕였다.

"틀린 말씀이 아닙니다."

그녀는 잠시 말을 중단하며 주변을 살폈다.

"이만 돌아가도록 하죠."

"그럽시다."

제니퍼의 말에 성준도 동의했다. 블레어 하우스로 돌아온 성준은 곧바로 정철과 한석, 그리고 제로스를 불렀다.

세 사람이 임시 브리핑룸으로 사용하는 방에 들어오자 제니퍼가 차분한 표정으로 빔 프로젝터 스크린을 펼치며 입을 열었다.

"목표는 가스트 상원 의원이 저택입니다. 이곳에서 가스트를 포함해 상원과 하원의 의원 5명이 모임을 가질 것이라는 정보를 CIA가 입수했습니다. 좌표는 여기입니다."

제니퍼가 말을 마치며 리모컨을 누르자 스크린에 지도가 나타났다.

"위치는 워싱턴 외곽입니다. 자세한 좌표는 화면 오른쪽 하단에 적혀 있습니다."

한석은 고개를 끄덕였고 정보원 출신인 정철은 메모장에 꼼꼼하게 필기까지 했다.

"경비 병력은 얼마나 배치되어 있습니까?"

정철이 질문했다. 경비 병력의 배치는 공격하기 전에 반드시 알아야 하는 정보 중 하나였다.

"경비 병력은 PMC 소속 E급 헌터 6명, D급 11명, C급 5명, A급 3명에 일반 용병이 20명입니다. 중앙헌터국에서 A급 전투계 헌터가 지휘하는 9명의 정예팀이 주력전을 지원하고 CIA의 요원들이 주변을 포위할 겁니다."

"생각보다 경비 병력의 수가 많네요."

정철은 솔직하게 말했다. 경비 병력이 45명이고 그중에서 절반이 헌터라면 적은 전력은 아니었다.

제니퍼가 설명을 위해 입을 열었다.

"저희 미국은 개인 경호원 고용에 대해 상관하지 않습니다. 주마다 법이 다르긴 하지만 기본적으로는 그걸 토대로 삼고 있어요."

던전 레이드의 등장과 함께 무기 판매량과 경호원 고용이 증가한 곳은 대한민국뿐만이 아니었다. 미국도 마찬가지였다. 원래부터 느슨했던 법은 이제는 없는 것이나 다름없게 되었다. 규제를 하기에는 이 세상은 너무나 위험해졌다.

"포위를 진행하는 CIA 요원의 수는 몇 명이나 됩니까?"

이번에는 성준이 물었다. 이왕 공격하는 것이니 철저하게 진행해야 한다고 생각했다.

"50명 이상이 동원됩니다. 모두 중무장 상태로 투입됩니다. 그리고 만약의 포위망이 뚫릴 것에 대비해서 델타포스 3개 분대가 근처에서 헬기와 대기하고 있을 겁니다."

제니퍼가 대답했다.

CIA에서 정보를 입수하고 초안이 작성된 것이 얼마 되지는 않았지만, 완성도가 높은 계획이었다. 짧은 준비 기간 동안 CIA와 중앙헌터국, 그리고 미국 특수작전사령부에 협조를 구하고 병력을 동원하는 추진력은 성준도 감탄할 정도였다.

"숙지했습니다."

정철이 자신감 넘치는 목소리로 대답했다.

제니퍼는 30분 정도 작전 개요를 더 설명한 뒤, 브리핑을 종료했다. 성준은 제니퍼와 함께 방으로 돌아왔다.

"제가 없을 동안 아버지의 경호를 강화해 주셨으면 좋겠습니다."

"중앙헌터국에서 S급 헌터가 지휘하는 경호팀을 보내주기로 했습니다. 아마도 이든 씨가 오실 것 같습니다."

"아…… 이든 씨라면 안심입니다."

성준은 고개를 끄덕이며 대답했다.

리슈발트는 이든에게서 차원 마력의 흔적을 감지하지 못했다고 했었다. 그것만으로도 이든을 믿을 수 있는 이유가 하나 생긴 것이다. 이든이 지휘하는 중앙헌터국의 경호팀이 블레어 하우스의 팀과 합류한다면 성준이 잠시 자리를 비워도 안심이었다.

게다가 신철과 장훈도 관광을 하지 않고 수혁의 경호에 신경 써주기로 했으니 다행이었다.

성준은 그날 수혁의 걱정 없이 마음 편히 잠들 수 있었다.

"작전의 시작이 얼마 남지 않았습니다. 이제 이동하셔야 합니다."

가스트 상원 의원의 저택 급습 작전의 당일이 되자 제니퍼가 성준에게 조용히 알렸다. 정철과 한석, 그리고 제로스는 준비를 끝낸 상황이었다.

"갑니다."

성준은 차분한 목소리로 대답하며 아이템을 챙겼다. 백색의 사제복을 입은 성준의 모습은 성실한 '신부' 같았다. 하지만 절제된 살기와 몸에 밴 비릿한 피 냄새를 느끼는 이도 있을 것이다.

"차량으로 이동하겠습니다."

제니퍼가 말했다.

이번 일은 은밀하게 움직여야 하기 때문에 헬기를 이용하는 것은 무리가 있었다. 델타포스의 경우에는 작전 초안이 완성된 순간에 헬기를 타고 근처에 이동하여 며칠 동안 대기 중이었다.

"가스트가 저택 안으로 들어간 것을 관측 요원이 확인했습니다."

차량에 올라타기 무섭게 제니퍼가 보고했다.

"요원들은 도착했습니까?"

"근처 숲에서 은밀하게 포위를 전개했습니다. 저택의 경호원들은 눈치채지 못했습니다."

성준의 물음에 제니퍼가 대답했다.

지도와 위성사진으로 본 가스트 상원 의원의 저택 주변에는 작은 숲이 있었다. 델타포스 분대와 CIA, 그리고 중앙헌터국의 요원들은 대부분 거기서 위장한 상태로 대기 중이었다.

얼마 지나지 않아 저택 주변의 숲에 도착했다.

제니퍼가 먼저 차에서 내리며 입을 열었다.

"발각 위험 때문에 여기서부터는 도보로 이동해야 합니다. 알파 포인트에서 중앙헌터국의 요원들과 접촉하여 목표 지점으로 이동합니다."

모두 고개를 끄덕였다.

그들은 주변을 경계하며 알파 포인트로 이동했다. 알파 포인트는 멀지 않았다. 1시간 정도를 걸어서 이동하니 도착했다.

"아무도 없는 것 같은데……."

성준은 두 눈을 가늘게 뜨고 주변을 살폈다. 예정대로라면 중앙헌터국에서 보낸 팀이 대기하고 있어야 하는데 기척이 전혀 느껴지지 않았다.

"탐색 마법을 사용합니까?"

"그건 안 됩니다. 저택에서 눈치챌지도 몰라요."

한석이 조심스럽게 제안했지만, 제니퍼가 반대했다.

성준은 스마트폰을 꺼내 들어 시간을 확인했다. 수혁 때문에 작전 중에도 스마트폰을 휴대하게 되었는데 안펠스로부터 메시지가 도착해 있었다. 무음 모드라서 몰랐던 모양이었다.

성준은 메시지를 확인했다. 이미지 파일이 첨부되어 있었다.

-기사 여단에서 오래전에 사용했던 암호군요.

리슈발트와 마찬가지로 성준도 암호를 알아보았다. 어느 순간부터 사용되지 않았던 것이지만 분명히 과거 기사 여단이 사용했던 암호였다. 그것을 해석하자면…….

'함정.'

성준의 눈동자에 싸늘한 살기가 깃들었다. 다수의 기척이 느껴졌기 때문이었다.

"변형!"

그의 손에 검으로 변형된 '로엘'이 쥐어졌다. 한석도 뒤늦게 기척을 감지하고서 반지를 스태프로 변형시켰고 정철도 어느새 창을 들고 있었다.

그리고 그들의 앞에 뭔가 툭 하고 떨어졌다. 성준은 그것이 무엇인지 확인하고는 이를 악물었다.

"안펠스……"

그들의 발치에서 굴러다니는 것은 안펠스의 머리였다.

성준은 이를 악물었다. 연락이 되지 않자 걱정이 된 나머지 직접 왔다가 봉변을 당한 모양이었다.

처음 느낀 감정은 분노였다. 비록 안펠스가 기사 여단에서 복무했다고는 하지만 로우켈 시절과의 연결점은 크지 않았다. 조력자가 된 지 얼마 되지 않았지만 그가 성준의 편이라는 사실은 변치 않았다.

자신의 사람을 건드렸다는 것만으로도 성준은 분노했다. 검을 쥔 손에 힘이 들어갔다. 스산하게 흘러나오는 살기에 적들은 본능적인 두려움을 느꼈다.

"이름과 소속을 밝혀라, 이계인."

성준이 이계어로 말했다. 얼음 폭풍과도 같은 날카로움과 냉랭한 기운이 서려 있는 목소리에 적들은 몸을 떨었다.

하지만 그들 중에서도 침착한 모습을 유지하는 이들이 몇 명 있었다. 그중에서 푸른 단발의 여기사가 무표정한 얼굴로 걸어 나오며 입을 열었다.

"소속은 기사 여단. 서열 99위의 베타이다."

서열 99위면 지구의 척도로 평가했을 때 SS급 하위 티어 정도의 실력자였다. A급 마법계 헌터인 제니퍼와 S급 마법계인 한석은 베티아의 강함을 눈치채고는 긴장한 표정으로 주위를 살폈다.

"강성준 씨. SS급 1명에다가 S급이 최소 5명입니다. 전력상으로는 우리가 불리합니다."

"걱정할 필요 없습니다."

성준은 냉소를 머금었다. 그의 검 끝이 베티아에게 향했다.

"일단 SS급 1명을 죽이고 시작할 거니까요."

그의 몸이 일순간 사라졌다. 희미한 잔상을 남길 정도로 뛰어난 고속 이동술이었다.

"역시 로우켈의 제자군!"

베티아가 검을 뽑으며 외쳤다. 로우켈의 제자에 대한 것은 더 이상 비밀이 아니었다. 혼란을 우려해서 숨기려 했던 제국과 종족 연합에서도 부하들에게 관련 내용을 전달한 상황이었다.

그것은 '경고'였다.

"훌륭한 고속 이동술이다! 하지만!"

베티아는 기척을 느끼고 좌측으로 몸을 돌렸다. 하지만 그곳에 성준은 없었다. 대신 뒤에서 소름끼치도록 차가운 살기가 폭풍처럼 몰아쳤다.

"꺄악!"

성준의 존재를 깨달았을 때 이미 그의 검은 그녀의 복부를 꿰뚫고 있었다.

기사 여단 서열 99위, SS급 헌터와 비슷한 전투력을 지닌 베티아가 제대로 반응하지 못할 정도로 교묘한 속임수가 섞여 있는 고속 이동술이었다.

"어, 어떻게……."

"고속 이동술과 동시에 블링크를 썼거든."

"괴, 괴물……."

베티아는 경악했다. 귀신 같은 응용력이었다. 고속 이동술과 함께 블링크를 사용하려면 엄청난 집중력과 센스가 요구된다.

'위, 위험해……! 생각보다 너무 강해!'

베티아의 얼굴이 하얗게 질렸다. 단검으로 저항하며 간신히 성준에게서 빠져나왔지만 빈틈이 보이지 않았다.

"베티아 경!"

"우리가 돕겠습니다!"

기사 여단의 문장이 새겨진 갑옷을 입은 이들 다섯이 살수들과 함께 성준을 향해 달려들었다.

"라이트닝 볼트!"

"파이어 스피어!"

마법사들의 마법 지원까지 더해지면서 전후좌우와 상공이 완전하게 장악당했다. 하지만 성준은 당황하지 않았다. 그저 냉기 가득한 살기를 흘리며 차분하게 로엘에 마력을 주입할 뿐이었다.

"드래곤 피어."

주변에 아군도 있었지만 상관하지 않았다. 그럴 생각이 없었다. 지금 그는 안펠스의 원한을 갚기 위해 전력을 다할 뿐이었다.

-크롸롸롸롸롸롸!

로엘에 잠들어 있던 마룡의 영혼이 일부 깨어나면서 포효했다.

"크윽!"

"드, 드래곤 피어?"

"제, 젠장할!"

"이럴 수가!"

사방에서 성준을 향해 달려들던 기습자들이 일제히 무너져 내렸다. 그나마 베티아만이 간신히 버티고 서 있었지만, 동료들을 도울 엄두가 나지 않았다. 차갑게 식어 있는 성준의 눈동자와 마주친 순간 그녀는 아무것도 할 수 없었다.

씨익.

그녀를 보며 성준은 입꼬리를 끌어 올렸다. 그리고 기술 사용을 위해 마력을 운용했다.

"폭풍검."

시동어와 함께 폭풍검이 사용되었다. 성준의 주위로 검풍이 몰아쳤다. 그를 노렸던 공격 마법조차 검풍에 난자당했다.

"크아아악!"

"끄르르륵!"

쓰나미처럼 몰려드는 검풍의 연속에 기사들과 살수들은 허무하게 당했다. 드래곤 피어에 당한 직후라서 제대로 저항하지 못했다.

피를 흘리며 힘없이 쓰러지는 기사들을 바라보는 베티아의 시선이 격렬하게 흔들렸다.

"서열 100위권 기사 5명이 전멸…… 이라고……?"

여단 소속의 기사들은 응용 검술을 익히기 때문에 다른 기사들에 비해 우수한 살상 능력을 가지고 있었다. 서열 100위권의 기사 5명이 일격에 쓰러졌다는 것은 믿기 힘든 일이었다. 더군다나 SS급의 실력자인 베티아 또한 치명상을 입은 상태였다.

"힐!"

드래곤 피어의 영향권에서 벗어나 있던 사제의 힐이 들어오면서 베티아의 상처가 치유되기 시작했다.

하지만 베티아는 싸울 의지가 꺾인 것만 같았다. 단 한 번의 공격을 허용했을 뿐이었지만 성준이 너무나 강하게 느껴졌다.

"죽을까 봐 무섭냐?"

"제국의 기사는 죽음을 두려워하지 않는다!"

성준의 말에 베티아는 발끈했다. 정곡을 찔렀기 때문이었다.

성준이 베티아의 주의를 끄는 사이, 제니퍼가 이끄는 미국 정부의 요원들과 매복해 있던 제국군이 전투를 벌이기 시작했다.

성준이 SS급 1명의 발목을 잡고 S급 5명 이상을 단숨에 처리해 버린 덕분에 전투는 제니퍼 측에 유리하게 돌아가고 있었다.

'됐다!'

동행한 사제의 '힐'은 우수했다. 베티아는 상처가 거의 회복된 것을 확인하고는 성준을 향해 번개처럼 달려들었다. 성준이 강하다는 것을 깨달았기 때문에 전력을 다해 고속 이동술을 펼쳤다.

하지만 성준은 베티아가 고속 이동술을 펼치기 전의 사전 동작만 보고서 이동 경로를 예측했다. 성준이 몸을 돌린 곳에 베티아가 있었다. 그녀는 검을 휘두르면서도 얼굴에서 당황한 기색을 지우지 못했다.

"어, 어떻게……!"

"경험의 차이라는 거다."

성준은 베티아가 휘두른 검을 쳐내며 대답했다.

그는 검성이었을 뿐만 아니라 기사 여단의 최고 기사까지 지냈던 전생의 기억을 가지고 있었다. 서열 99위인 베티아가 상대가 될 리가 없었다.

"크윽!"

치열한 검투 속에서 베티아의 흉갑이 갈라지고 피가 솟구쳤다.

'추, 출혈이 심해.'

베티아는 침착하게 뒤로 물러나려고 했지만, 성준이 가만히 두지 않았다. 그가 집요하게 거리를 좁히며 검을 휘둘러대자 베티아는 검격을 한 번 더 허용하고 말았다.

"꺄악!"

날카로운 비명이 허공을 갈랐다. 그녀의 검술 실력도 우수했지만 성준과 비교할 수 있을 정도는 아니었다.

"살고 싶어?"

성준은 검을 회수하며 물었다. 입가에는 비릿한 미소를 머금고 있었다. 베티아는 과다출혈로 인해 희미해진 시선을 붙잡으며 입을 열었다.

"제국의 기사는! 목숨을 구걸하지 않는다!"

"그래. 살려줄 생각도 없었어."

회수한 검을 고쳐 잡으며 자세를 바꿨다. 동시에 마력을 끌어 올려 기술을 준비했다.

"환영검."

시동어와 함께 소환된 31개의 환영검이 베티아를 향해 날아 들었다. 심한 출혈로 시야는 어두웠고 상처 탓에 자세는 무너져 있었다. 강력한 기술인 환영검에 속수무책으로 당할 수밖에 없었다.

베티아는 전신에서 피를 쏟아내며 힘없이 쓰러졌다. 그녀가 쓰러진 곳에 작고 붉은 호수가 생겨났다.

"황…… 제 폐하…… 만세……."

그녀가 죽어가면서 마지막으로 남긴 말을 듣고 성준은 눈살을 찌푸렸다.

주변을 살펴보니 성준이 실력자들을 모두 도륙해 버린 덕분에 전투는 끝을 보이고 있었다. 베티아와의 전투에 집중하고 있어서 잘은 모르겠지만 한석이 꽤 활약한 것 같았다.

"하얏!"

"커헉!"

정철이 도주를 시도하는 이등 살수의 심장을 창으로 꿰뚫는 것을 마지막으로 전투가 끝났다.

"강성준 씨! 무사하십니까?"

전투가 끝나기 무섭게 제니퍼가 달려와 물었다. 하지만 이내 고개를 저었다. 그의 실력이 뛰어나서 다칠 리가 없을 것 같다고 판단한 것이었다.

"중앙헌터국에서 보낸 팀은 전멸한 것 같습니다."

제니퍼가 말했다.

집결지에 먼저 도착해서 기다리기로 한 팀이 연락마저 두절되었으니 그렇게 생각할 수밖에 없었다. 성준은 고개를 끄덕이며 바닥으로 시선을 내렸다. 그곳에는 안펠스의 머리가 뒹굴고 있었다.

"아는…… 분이셨습니까?"

"조금은요."

성준의 눈동자에 담긴 감정이 복잡했다. 그는 차원 주머니에서 검은 천을 꺼내 안펠스의 머리를 덮어주었다.

"근처에 있는 CIA의 요원들은 전멸하지 않았겠죠?"

성준이 물었다.

"방금 전에 연락했습니다. 공격을 받았다는 말은 없었습니다."

"이쪽으로 몇 명이 와서 이 친구의 머리를 수습해 줬으면 합니다."

"즉시 요청하겠습니다."

제니퍼는 고개를 끄덕이며 대답했다.

CIA 요원들이 도착할 때까지 성준은 베티아를 포함한 여단의 기사 여섯의 시체들에서 반지와 목걸이를 회수했다. 그 모습은 멀리서 볼 때 단순히 아이템을 루팅하는 것으로 보였다.

"흡수."

반지와 목걸이를 각각 6개씩 확보한 성준은 그것들을 차원 주머니에 집어 넣은 뒤, 마력을 흡수했다.

-동조율 64%가 되었습니다.

성준은 쉽게 이겼지만 베티아는 SS급에 해당하는 수준 높은 적이었고 여단의 다른 기사들 역시 뛰어난 실력자들이었다. 동조율이 1%나 상승했다. 복수에 한 걸음 더 다가갔다는 생각에 성준은 말없이 고개를 끄덕였다.

얼마 지나지 않아서 CIA 요원들이 도착했다. 그들은 안펠스의 머리를 수습하고 주변을 수색했지만 머리를 잃은 몸은 찾을 수 없었다.

"이동하죠."

"증원을 요청해야 하지 않을까요?"

성준이 발걸음을 재촉하자 제니퍼가 조심스럽게 물었다. 중앙헌터국에서 보낸 팀이 전멸했기 때문에 증원이 필요할지도 모른다고 생각하고 있는 것이었다.

하지만 성준은 고개를 저으며 입을 열었다.

"벌써 도망쳤을 수도 있겠지만 그게 아니라면 저택에 있을 겁니다. 증원을 기다리면 너무 늦어요. 제니퍼 씨도 잘 알고 있지 않습니까?"

성준의 논리적인 설명에 제니퍼는 고개를 끄덕일 수밖에 없었다.

"증원은 필요 없습니다. 로드 길드에서 다 죽이겠습니다. 도망치는 적들만 CIA에서 잘 잡아주세요."

"CIA에서 잘 처리해 줄 겁니다."

그들은 저택으로 이동했다.

경호원들로 보이는 이들이 무장한 채 순찰을 돌고 있었다.

성준의 지시와 함께 로드 길드원들이 공격을 시작했다.

"싸, 싸워!"

"너무 강합니다!"

경호원들은 상대가 되지 못했다. 로드 길드원들이 전진하자 그들은 뿔뿔히 흩어져 도망쳤다.

성준은 도망치는 그들의 뒷모습을 보며 싸늘한 미소를 머금었다. CIA에서 포위를 유지하고 있는 건 꿈에도 모를 것이다.

이윽고 그는 저택의 내부로 침투했다. 제로스는 후방 지원을 맡았고 정철과 한석이 함께 했다.

"라이트닝 볼트!"

넓은 거실로 진입하기 무섭게 마법계 헌터의 공격 마법이 날아왔다. 성준은 그것을 가볍게 피하며 단검을 던졌다.

"커헉!"

직선으로 날아간 단검은 마법계 헌터의 목에 꽂혔다. 그가 힘없이 쓰러지는 것을 확인한 성준은 내부를 살폈다. 그리고 미소 지었다.

"좋아."

목표'들'이 있었다.

"상원 의원 가스트, 그리고 기타 등등 4명."

성준은 싸늘한 목소리로 말했다. 내부에는 가스트를 포함해 5명이 남아 있었다.

-모두 이계인입니다. 노블 오더가 분명합니다.

리슈발트가 확인했다.

성준은 눈동자를 굴렸다. 그의 시선이 닿자 가스트를 포함한 5명의 의원은 몸을 떨었다. 그것은 감출 수 없는 본능적인 두려움이었다.

여러 훈련과 교육을 받은 노블 오더의 귀족 지휘관들이었지만 성준의 살기를 받아내는 것은 힘든 일이었다.

"노블 오더는!"

"투항하지 않는다!"

가스트를 포함한 5명의 의원은 자신들의 정체가 발각되었다는 사실을 본능적으로 깨닫고 자결을 시도했다.

잇몸에 숨긴 독약을 깨물려는 순간이었다. 성준이 번개와 같이 몸을 날렸다.

"큭!"

"커헉!"

다른 이들이 입 밖으로 피를 뿜으며 쓰러지는 동안 가스트만 힘없이 기절할 뿐이었다. 그가 독약을 깨물기 전에 성준이 목을 쳐서 기절하게 만든 것이었다. 독약을 먹는 동작이 빨라서 가스트를 제외한 의원들의 자결은 막을 수 없었다.

"전부 죽었네요."

한발 늦게 도착한 제니퍼는 거실에서 벌어진 자살 소동에 눈살을 찌푸렸다. 중앙헌터국과 CIA에서 생포를 부탁했기 때문이었다.

"한 명 생포했습니다."

"정말입니까?"

성준의 말에 제니퍼의 목소리가 밝아졌다. 성준이 검지 끝으로 가리킨 곳에 가스트가 쓰러져 있었다.

제니퍼는 그에게 다가가 맥박을 확인했다. 그러고는 입안에 손을 넣어서 독약을 빼앗았다.

"이번 작전은 성공이라고 할 수 있겠네요. 요원들을 불러서 뒤처리하겠습니다."

제니퍼는 흡족한 표정으로 말했다. 그녀는 이번 일에 정면으로 나선 성준의 담당관이었기 때문에 실적이 많이 올랐을 것으로 생각되었다. CIA와 중앙헌터국에서 신경 써서 준비한 작전인 만큼 성공으로 인해 성준이 얻는 것이 많았고 제니퍼 또한 마찬가지였다.

이윽고 제니퍼가 부른 CIA의 요원들이 도착했다. 그들은 시체의 뒤처리와 함께 저택 안에서 쓸 만한 자료들을 수집하기 시작했다.

"수고했어."

성준은 고생한 로드 길드원들을 격려했다.

"헬기를 불렀습니다."

제니퍼가 말했다.

작전을 시작하기 전과는 달리 지금은 은밀한 기동을 요구하지 않기 때문에 헬기를 통해 이동하는 게 가능했다. 헬기를 타고 블레어 하우스로 돌아왔다. 미국에 온 김에 청룡 그룹과 관련된 일을 하고 있는 것인지 설아의 모습이 보이지 않았다.

성준은 방으로 돌아와 휴식을 취했다. 중앙헌터국과 CIA에는 제니퍼가 보고하기로 했다.

"실례하겠습니다."

2시간 정도의 시간이 지나고 보고를 끝마친 제니퍼가 성준의 방으로 들어왔다. 성준은 읽고 있던 책을 덮었다.

"먼저 좋지 않은 소식을 전하겠습니다. 작전은 성공했고 가스트 상원 의원을 생포했지만, 이송 중에 자결했습니다. 입안에 헝겊을 물렸지만 어떻게든 혀를 깨물었나 봅니다. 죄송합니다."

제니퍼의 말에 성준은 대답 대신 고개를 끄덕였다. 굳이 말하지는 않았지만 예상했던 결과였다. 노블 오더에 소속된 귀족 지휘관들의 정신력은 상상을 초월하는 수준으로 그들은 포로로 잡히면 어떤 상황에서도 자결을 해내는 것으로 유명했다.

성준도 일단은 가스트를 생포하긴 했었지만, CIA와 중앙헌터국에서 안전하게 이송할 것이라고 생각하지는 않았다. 크게 기대를 걸지 않기 때문에 실망도 크지 않았다.

"알아낸 정보는 없겠군요."

"네. 지금 가스트의 저택을 수색 중이지만 특별한 자료는 얻지 못했다는 보고입니다."

제니퍼는 한숨과 함께 대답했다.

애초에 매복이 기다리고 있던 것만 봐도 미국의 계획이 들켰다는 것을 의미했다. 치밀하게 움직이는 노블 오더의 귀족 지휘관들이 저택에 자료를 남겼을 리가 없었다. 저택에 남아 있던 것을 보아 승리를 믿고 있었던 것 같지만 '보험'을 들어놓았던 모양이었다.

"잠시 자리를 비워주시겠습니까?"

성준이 말했다. 여단의 기사들을 죽이고 노획한 반지와 목걸이 6개가 합성을 기다리고 있었다.

제니퍼는 의자에서 일어나며 고개를 숙였다.

"옆방에서 대기하고 있겠습니다. 필요하면 불러주세요."

"알겠습니다."

제니퍼가 방에서 나가자 성준은 노획한 반지와 목걸이 6개를 꺼내놓았다. 반지와 목걸이에는 각각 '99', '110', '155', '156', '170', '185'이라는 숫자가 각인되어 있었다. 성준은 자신이 끼고 있던 반지와 목걸이도 올려놓았다. 각각 7개가 되었다.

리슈발트가 반지와 목걸이를 향해 손을 뻗었다.

-합성하겠습니다.

성준이 고개를 끄덕이자 리슈발트가 마력을 끌어 올렸다.

반지와 목걸이들이 빛나더니 이내 하나로 합쳐졌다. 마지막으로 남은 반지와 목걸이에는 각각 '99'라는 숫자가 각인되어 있었다.

-새로운 아이템의 존재를 확인.

계측기가 반응했다. 성준은 그것으로 기사 여단의 반지와 목걸이를 감정했다.

[기사 여단의 목걸이+11.]
S급.
마력 회복 효과 확인.

변화가 있었다.

기사 여단의 목걸이는 +11이 되면서 S급이 되었다. 옵션의 추가는 없었지만 보통 이런 경우 기존의 옵션 효과가 크게 강화된다. 아니나 다를까 착용하기 무섭게 전투 중에 잃었던 마력이 무서운 속도로 회복되기 시작했다.

[기사 여단의 반지+16.]
A+급.

오러 지속 효과 확인.

오러 강화 효과 확인.

기사 여단의 반지는 크게 변화가 없었지만 착용하고 오러를
켜자 그 변화를 느낄 수 있었다. 반지와 목걸이의 합성이 성공
적으로 끝난 것을 확인한 성준은 스마트폰을 꺼내서 메시지함
을 확인했다.

아버지인 수혁으로부터 사진이 첨부된 메시지 한 통이 도착
해 있었다. 사진에는 신철과 장훈, 그리고 미국 정부에서 보내
준 경호원들과 함께 워싱턴 관광을 하고 있는 수혁의 모습이
찍혀 있었다.

"잘 지내시는 것 같아서 다행이네."

성준은 사진 속에서 환하게 웃고 있는 수혁을 보며 미소를
지었다.

에이든은 성준이 미국에 머무르는 동안 그의 아버지인 수혁
이 안전하고 편하게 쉴 수 있도록 배려해 주었다. 실력 있는 의
료진과 경호원이 24시간 붙어 다녔다. 어제부터 건강이 많이
나아져서 지금은 가까운 시내를 관광하고 있는 것이었다.

똑똑.

"들어가도 될까요?"

수줍은 목소리와 함께 조금 열린 문틈 사이로 반짝이는 눈

동자가 보였다. 청룡 그룹 길드사업 본부장이자 로드 길드의 총무인 윤설아였다.

"들어오세요."

성준이 허락하자 설아는 조심스럽게 문을 열고 안으로 들어왔다. 눈동자를 이리저리 움직여서 아무도 없는 것을 확인한 그녀는 성준의 앞으로 다가왔다.

그녀는 와인과 잔을 들고 있었다.

"한잔할래요?"

"나쁘지 않죠. 앉으세요."

성준이 고개를 끄덕이며 대답하자 설아는 성준의 앞에 놓여 있는 의자에 앉았다. 그리고 탁자 위에 와인과 잔을 올려놓았다.

"안주도 가져왔어요."

그렇게 말하면서 육포와 비스킷, 치즈와 같은 간단한 안주를 꺼내놓았다.

싱글벙글 웃으며 술자리를 완성하는 그녀의 모습을 보며 성준은 고개를 저었다.

설아는 절대 술이 센 편이 아니었다. 몇 번이나 겪어봤기 때문에 알고 있었다. 하지만 술을 적당히 좋아하는 것인지 자주 마시는 모양이었다. 특히 어떤 일로 감정이 무너질 때 술에 의지하는 경향이 있었다.

"술은 오랜만이네요."

최근 심각한 일들이 여럿 터지는 바람에 술을 마시지 못했다. 원래 즐기는 성격도 아니라서 바쁘다 보니 자연히 찾지 않게 되었다.

성준은 설아의 잔에 와인을 따랐다. 급한 일이 하나 마무리되었으니 잠깐의 여유를 즐기며 술을 한잔하는 것도 나쁘지 않다고 생각되었다.

"자작은 안 돼요. 제가 따라줄게요."

성준이 익숙하게 자신의 잔으로 술병을 가져가자 설아가 술병을 낚아채기 위해 부드러운 손을 뻗었다. 술병을 빼앗기지 않을 수도 있었지만, 설아가 하는 행동이 귀여워서 가만히 놔두었다.

술병을 잡아챈 설아는 두 눈을 반짝이며 웃었다. 던전의 사건 이후로 오랜만에 특유의 밝은 모습을 보이는 듯했다. 그래서 성준도 기분이 좋았다.

"따라줄게요오."

설아는 말끝을 늘리며 성준의 잔에 와인을 채웠다. 어딘가 걸음걸이가 이상하다 싶었는데 방에 오기 전에 술을 몇 잔 마신 것 같았다.

-주군과 술을 마실 용기를 내기 위해서 알콜의 힘을 빌린 것 같습니다.

리슈발트가 말했다.

예전에 술을 마시고 엉망이 된 모습을 몇 번 보였으니 알콜의 힘을 빌리지 않으면 먼저 술을 마시자고 권유하기 힘들었던 모양이었다.

"같이 짠해요."

"오늘은 또 왜 그렇게 취한 거예요?"

성준은 설아가 내민 잔에 자신의 잔을 살짝 부딪치며 물었다. 그러자 헤실헤실 웃고 있던 설아의 표정이 심각해졌다. 그러더니 잔에 담겨 있던 와인을 단숨에 비웠다.

"와인…… 그렇게 마셔도 돼요?"

"어차피 술이거든요?"

"네. 알겠습니다."

오늘의 설아는 공격적이었다. 하지만 그 모습이 귀엽기도 해서 성준의 입가에 미소가 번지고 있었다.

"걱정되잖아요."

잠깐의 침묵 끝에서 설아가 조심스럽게 말했다. 성준은 육포를 집어 들다 말고 그녀에게 집중했다.

"요즘 강성준 씨 주변에 위험한 일들만 생기는 것 같아서요."

던전을 공략하고 레이드를 막으면서 살아가는 헌터들은 언제나 위험과 함께한다. 설아는 그 누구보다 그 사실을 잘 알고 있었지만 최근 성준의 주변에서 벌어지는 일들은 던전 레이드

와는 종류가 다른 위협이라는 것을 얼마 전에서야 깨달았다. 정확히 어떤 것인지는 알 수 없었지만, 목숨이 위험하다는 것 정도는 그녀도 알 수 있었다.

"아무 일도 없을 거라고 생각하고 싶지만 쉽지는 않네요. 저도 알 건 아니까요."

"청룡 그룹에서 들은 겁니까?"

"돌아가는 상황 대충은 알고 있어요. 청룡 그룹은 미국에도 지인이 많아요. 그리고 저도 브리핑 자리 지켰잖아요."

청룡 그룹은 세계적인 대기업이었다. 미국에서도 영향력이 강한 편이었고 인맥이 상당히 넓었다. 설아도 그들과 접점이 있었고 현재는 국빈으로 초대받은 상태라서 어렵지 않게 정보를 모을 수 있었다. 사실 조력자들 없어도 브리핑에 참석했기 때문에 상당한 정보를 입수했다고 볼 수 있었다.

"괜찮은 거죠? 별일 없을 거라고 말해주세요."

설아의 눈동자에 이슬이 맺혔다.

이미 성준은 그녀의 마음속에 깊게 자리 잡고 있었다. 언제부터인지는 모른다. 자연스럽게 가까워진 것 같았다. 정신을 차렸을 때는 성준이라는 이름의 독에 깊게 중독된 뒤였다.

최근 벌어지는 일들 때문에 그를 잃을 수도 있다고 생각을 하니 가슴이 아팠다. 아픈 정도가 아니었다. 가슴이 갈라지고 찢어져서 눈물이라는 출혈이 시작될 것만 같았다.

"별일 없을 겁니다."

"진짜죠? 믿어도 되는 거죠?"

설아의 물음에 성준은 희미한 미소를 머금은 채 입을 열었다.

"다쳐도 멀쩡하게 돌아올 겁니다. 저는 힐러니까요."

제니퍼는 에이든이 뉴욕의 영웅이자 국빈 신분으로 초청받은 성준과 로드 길드원들을 위해 국빈 만찬을 준비했다는 사실을 알렸다.

"국빈 만찬 말입니까?"

그 소식을 전해 들은 성준이 질문했다.

"네. 강성준 씨는 국가 원수는 아니지만, 국빈 신분으로 초청받으셨습니다. 대통령님께서는 국빈 만찬을 통해 강성준 씨를 미국 전역에 뉴욕의 영웅으로 알릴 생각이십니다."

제니퍼가 설명했다. 성준은 고개를 끄덕였다. 명성을 얻어서 나쁠 건 없었다.

제국과 종족 연합에도 그의 존재가 드러나 있었기 때문에 명성을 얻는 것으로 더 이상 해악을 끼치는 것은 없었다.

"국빈 만찬이면 제가 준비해야 할 건 없습니까?"

"강성준 씨와 일행분들의 의상은 모두 백악관에서 준비해 드릴 예정입니다."

"알겠습니다."

의상이 걱정이었는데 백악관에서 준비해 준다고 하면 안심
이었다.

"일정은 언제입니까?"

"국빈 만찬은 일주일 후에 진행됩니다."

"알겠습니다."

최소 일주일 이상은 미국에 더 머물러야 한다는 결론이 나
온 것이나 다름없었다. 전달할 내용을 끝낸 제니퍼는 언제나
처럼 필요한 일이 있으면 불러달라는 말을 남기고는 자신의 방
으로 다시 돌아갔다.

그녀가 성준의 방을 나서고 얼마 지나지 않아서 기척과 함
께 누군가 가볍게 문을 두드렸다.

"접니다. 강성준 경."

제로스의 목소리였다. 굳이 목소리가 아니더라도 '경'이라는
호칭을 사용하는 것만 봐도 알 수 있었다.

"들어와."

"실례하겠습니다."

성준이 허락하자 문이 열리고 제로스가 조심스럽게 걸어
들어왔다.

"안펠스는?"

성준은 그를 보며 안펠스에 대한 것부터 질문했다.

"미국의 도움으로 작은 장례식을 열 수 있었습니다. 참석한 사람은 저뿐이었지만요."

제로스가 대답했다.

그는 안펠스와 친분이 있었다. 미국의 도움으로 장례식을 열었지만 이계에서 파견된 안펠스의 장례식에 참석한 이는 제로스가 유일했다. 성준도 참여하고 싶었지만, 미국 대통령 에이든과의 약속이 있어서 그러지 못했다.

"숙청이 시작되면서 많은 동료가 목숨을 잃었다는 소식을 접해 보았습니다. 하지만 여전히 누군가의 죽음에는 익숙해지지 않는군요."

목소리에서 깊은 슬픔이 느껴졌다. 지구로 도망쳐 생활하면서 고향에 대한 그리움도 있었을 것이다. 긴 도망으로 그의 주변에 남은 이들은 많지 않았다.

"안펠스 경을 다시 만나보고 싶었습니다."

제로스는 솔직한 심정을 털어놓았다.

성준은 안펠스와 접촉이 있었지만, 당시에 제로스는 한국에 있었기 때문에 그와 만나지 못했었다.

"좋은 정보원이 되어줬을 겁니다. 지금 제가 소통하고 있는 정보원으로는 한계가 있으니까요."

"아무래도 그렇지."

성준은 고개를 끄덕이며 긍정했다.

제로스와 연락하는 제국의 정보원은 좌천당한 몸이고 정보와 관련된 일을 배운 적이 없기 때문에 고급 정보를 취급하지 못했다.

그에 비해서 안펠스는 좌천당했었지만 조사 부대로 복귀하면서 정보 취급을 익혔다. 살아 있었다면 중요한 정보원이 되어주었을 것이다.

"그건 그렇고 내가 알아보라고 한 건?"

"정보원을 통해 조사해 봤습니다만, 확실한 정보가 없습니다."

"그래……?"

성준은 아쉬운 표정을 지었다.

그는 제로스에게 제국의 동태를 조사하라고 지시를 내렸었다. 덕분에 제로스는 며칠간 아이템으로 이계와 통신을 하면서 여러 가지를 조사하느라 바빴었다.

"정확하지는 않지만, 제국의 고위층은 강성준 경의 존재를 위협적이라고 인식한 것 같습니다. 이번에 판 함정만 봐도 강성준 경을 노린 게 분명하지 않았습니까?"

함정에 여단 서열 99위의 기사가 동원되었다는 것만 봐도 제국에서 성준을 잡기 위해 움직이기 시작했다는 사실을 쉽게 추측할 수 있었다.

"이제 암살 위협에 시달려야 하는 건가?"

성준이 눈살을 찌푸리며 말했다.

제국과 종족 연합의 암살 시도가 두려운 것은 아니었다. 모두 격파할 자신이 있었으니까. 하지만 그들이 계속해서 암살자를 보낸다면 귀찮은 일이 한두 개가 아닐 것이다.

"아마 그럴 일은 없을 겁니다. 현재까지 지구에 투입된 전력은 한정되어 있을 테니까요."

"한정되어 있다고 하면…… 네 생각에 어느 정도일 것 같아?"

성준이 묻자 제로스는 잠깐 고민한 끝에 입을 열었다.

"저도 정보가 없어서 확답을 드리기엔 어렵지만 당분간 특등 살수 정도 되는 암살자를 보내는 것은 어려울 겁니다."

"그렇게 생각하는 이유라도 있어?"

"강성준 경께서도 '노블 오더'가 전쟁을 지휘하는 방식을 알고 있지 않습니까? 그들은 언제나 확실하게 '처리'합니다."

노블 오더는 언제나 완벽한 승리를 위해 최대의 전력을 투입하는 것으로 유명했다.

"부통령이었던 노블 오더의 루델이 강성준 경을 처리하기 위해서 특등 살수를 보냈었지요?"

"그랬지."

운이 좋아서 암습을 넘길 수 있었다. 선제공격을 감지하지 못했다면 치명상을 허용했을 것이다. 질 것이라는 생각은 들지 않았지만 그렇다고 해서 쉽게 이기지는 못했을 것이다.

"노블 오더에서 특등 살수를 1명만 보냈다는 것은 당장 움직일 수 있는 특등 살수가 1명밖에 없다는 것을 의미하기도 합니다. 실제로 이번 함정에서는 특등 살수가 없었죠."

"아무래도 그렇겠지?"

제로스의 말에 성준은 고개를 끄덕였다. 일등 살수는 소수 있었지만, 특등 살수는 1명도 없었다. SS급의 실력자는 기사 여단 서열 99위의 베티아가 유일했었다.

언제나 최대의 전력을 투입하는 노블 오더의 전쟁 지휘 특성상 특등 살수의 여유가 있었다면 전원 투입했을 것이다.

"지구에서의 공작 대부분을 맡은 곳은 제국이라는 정보가 있습니다. 지구를 침공하는 것에 있어서 가장 중요한 거점인 '미국'에서 노블 오더가 움직인 전력이 이 정도라면 한국을 포함한 해외에 배치된 병력은 이것보다 더 적을 것입니다."

제로스의 의견은 일리가 있었기에 성준도 고개를 끄덕일 수밖에 없었다.

"노블 오더와 특무군 같은 제국의 전력이 지구에 침투한 경로는 레이드 차원 관문을 통해서겠지?"

"그럴 겁니다. 차원 관문이 열리고 레이드를 발생하면 그 혼란을 틈타서 침투하는 모양입니다."

"차원 관문이 열리는 걸 이쪽에서 막을 수는 없어?"

성준이 물었다.

원 관문이 열리는 것만 차단할 수 있다면 제국과 종족 연합의 본격적인 침공을 저지할 수 있을 것이다.

하지만 성준의 기대와는 달리 제로스는 고개를 저었다.

"불가능합니다. 차원 관문은 차원 균열을 확장하는 것으로 여는데, 균열이라는 건 자연 발생하는 것이기 때문에 막을 수 없습니다."

제로스는 차원 마법의 전문가였다. 그가 도주하면서 남긴 연구 기록이 제국의 차원 관문 개발에 큰 도움이 되었을 정도였으니 차원 마법 및 기술에 대해서는 신뢰할 수 있었다.

"결국, 섬멸전이네."

성준은 고개를 저으며 혼잣말을 내뱉었다.

먼저 전멸하는 쪽이 패배하는 잔혹한 생존 게임이 시작된 것이나 다름없었다.

"차원 열쇠는?"

"말씀드리는 것을 잊었군요. 완성되었습니다."

제로스는 자신이 사용하는 차원 주머니를 뒤적이더니 열쇠를 하나 꺼냈다. 마정석으로 보이는 보라색 보석이 박혀 있는 검은색 열쇠였다.

-새로운 아이템의 존재를 확인.

성준이 주머니에 탁자 위에 올려 두었던 계측기가 반응했다.

"이계의 기운을 없앴습니다. 한 번 감정해 보시겠습니까?"

"수고했어."

제로스의 말에 성준은 대답과 함께 차원 열쇠를 계측기 앞으로 가져갔다. 그리고 감정 기능을 사용하자 화면에 아이템의 정보가 표시되었다.

[제로스의 차원 열쇠.]

SS급.

차원 관문 생성 효과 확인.

차원 단절 효과 확인.

무려 SS급 판정을 받은 아이템이었다.

"강성준 경께서는 로우켈 경의 '흡수'를 사용할 수 있다고 하셨었죠?"

제로스가 질문했다.

성준은 대답 대신 고개를 끄덕였다.

"이걸 가지고 있는 상태에서 '흡수'를 하시면 일부 마력이 이 보라색 마정석에 모일 겁니다. 충전이 끝나면 빛나게 됩니다. 그리고 마정석이 빛난다는 것은 차원 관문을 열 준비가 끝났다는 것을 의미합니다."

"내가 흡수하는 마력량이 줄어들지는 않겠지?"

차원 관문을 열어서 제국이나 종족 연합을 공격하는 것과 마찬가지로 강해지는 것도 중요한 문제였다. 제로스는 고개를 저으며 입을 열었다.

"그럴 일은 없습니다. 강성준 경이 흡수하고 남은 잔류물에 가까운 마력을 흡수하는 것이니까요. 일단 마력이 가득 차면 A급 이상의 클리어가 끝난 던전에서 사용할 수 있습니다."

"사용법은?"

"당연히 마력을 주입하는 것입니다. 차원 단절 결계도 구현해두었으니 방해받는 일은 없을 겁니다. 차원 관문이 열리는 곳은 무작위지만 지구 기준으로 SS급의 난이도를 넘지 않을 것이고 동행과 함께 넘어갈 수 있습니다."

"아주 좋아."

성준은 만족스러운 표정으로 고개를 끄덕였다. 제로스가 생각보다 잘 해주었다.

"이제 반격이야."

이제 당하기만 했던 시간은 지나갔다. 반격의 깃발을 들어 올릴 때가 찾아왔다.

시간은 금방 흘러 만찬 당일이 되었다.

성준은 일행들과 함께 백악관에서 제공한 차를 타고 국빈 만찬이 열리는 곳으로 이동했다.

뉴욕의 비극이 있었다고는 하지만 시간이 어느 정도 지나서 그런지 만찬은 성대하게 진행되었다. 여러 순서가 끝나고 만찬이 시작되자 미국 대통령 에이든이 성준의 곁으로 찾아왔다.

"블레어 하우스에서 지내는 데 불편함은 없으시죠?"

에이든이 물었다.

경호를 강화했다고는 하지만 암살 시도가 있었던 탓에 마음이 편치 않았던 모양이었다.

"배려해 준 덕분에 잘 지내고 있습니다."

성준이 대답했다.

그러자 에이든은 만족스러운 표정으로 고개를 끄덕였다.

화기애애한 분위기 속에서 만찬이 끝났다. 기자들이 돌아가자 에이든은 성준에게 자신과 같은 차를 타고 이동할 것을 제안했다.

"저는 상관없습니다."

에이든이 뭔가 비밀 이야기를 꺼낼 것 같다고 생각한 성준은 흔쾌히 고개를 끄덕였다. 방탄 차량에 탑승하자 에이든이 차분한 표정으로 입을 열었다.

"제3세력에 대해 어떻게 생각하십니까?"

에이든이 물었다.

성준은 자신이 이계와 관련 있다는 사실이 들켰나 싶어서 눈알을 굴리며 생각을 정리했지만 그런 것 같지는 않았다.

"전멸시켜야죠."

"그렇게 생각하는 이유를 물어봐도 되겠습니까?"

"저를 죽이려고 했습니다. 이 정도면 충분한 대답이 되었겠죠?"

성준의 거침없는 대답에 에이든은 흐뭇한 표정으로 고개를 끄덕였다.

"백악관의 고문들과 이야기를 나눠봤습니다. 그 결과 제3세력은 적이라고 규정되었습니다."

"그렇습니까?"

"조만간에 이런 위협에 대비한 세계적인 연합위원회가 만들어질 것입니다."

여러 국가가 이계의 위협에 대비하여 조직적으로 움직인다는 것은 좋은 소식이었다.

"제3세력의 위협을 겪지 않은 다른 국가들을 설득할 수 있겠습니까?"

성준이 물었다.

에이든은 미소를 지으며 입을 열었다.

"미국이 설득하지 못하는 국가는 없습니다."

8장
반격의 날이 찾아오다(1)

　국빈 신분으로 초청받은 성준과 로드 길드원들을 위해 미
국에서 준비한 행사가 모두 끝났다. 더 이상 미국에 남아 있어
야 할 이유는 없었다.

　미국에서 제3세력으로 규정한 제국과 종족 연합을 저지할
연합위원회가 만들어질 때까지 기다리기에는 시간이 너무 오
래 걸릴 것 같았다.

　성준은 아버지, 그리고 길드원들과 함께 미국에서 제공한
전세기를 타고 한국으로 귀국했다.

　한국으로 돌아온 길드원들은 공략팀 규모의 파티를 결성하
여 A급 던전 공략에 서둘렀다. 설아는 회사로 복귀했고 수혁
은 다시 치료를 받기 시작했다.

"아무래도 안 되겠어."

테라스에 앉아 있던 성준이 답답한 표정으로 의자에서 일어났다. 그러자 리슈발트가 곁으로 다가오며 입을 열었다.

-주군. 무슨 일이십니까?

"요즘 아버지 몸 상태가 안 좋으신 것 같아. 교수 불러서 뭐 좀 물어보고 신약개발연구소에 가서 재촉 좀 해야겠어."

성준은 리슈발트의 물음에 대답하며 서둘러 걸음을 재촉했다. 미국에 있을 동안 서국 신약개발연구소로부터 보고를 거의 받지 못했었다.

서국 신약개발연구소에서 몇 번 연락을 해오기는 했지만 부통령이었던 루델의 암살 시도와 상원 의원 가스트의 저택 습격, 그리고 뉴욕 레이드와 안펠스의 죽음 등으로 바빴기 때문에 전화를 받지 못했었다.

"이진호 교수 불러주세요."

성준이 고용인에게 말했다.

성준의 저택에는 수혁을 위한 의료시설이 갖춰져 있었는데 그 수준이 대한민국 최고의 대학병원과 비슷할 정도였다.

"이진호 교수님이 도착하셨습니다."

응접실에 앉아서 30분 쯤 기다리자 한석이 문을 열고 들어와서 진호가 도착했다는 사실을 알려왔다.

한석은 성준에게 대들다가 제압이 되어 '충성의 룬'이 부여

된 이후로 그의 개인 비서와 다를 바 없는 생활을 해오고 있었다.

"응접실로 들어오라고 해."

"전달하겠습니다."

성준이 말했다.

한석은 고개를 끄덕인 뒤, 응접실을 나섰다. 얼마 지나지 않아서 가벼운 노크 소리와 함께 문이 열리고 단정한 차림에 안경을 쓴 남자가 걸어 들어왔다.

50대 초반 정도 되어 보이는 외모의 남자는 혈액암 질환의 권위자인 이진호 교수였다. 그는 미국의 유명한 의대에서 교수를 맡고 있었지만 성준이 막대한 돈을 투자해서 한국으로 데려왔다. 한국에 오면서 수혁의 전담 의료팀장 외에도 서국 신약개발연구소의 고문을 맡게 되었다.

"길드장님? 저를 찾으셨다고 들었습니다."

진호는 성준을 보며 공손하게 물었다.

성준이 그의 고용주였기 때문에 어쩔 수 없었다. 그것도 그냥 고용주도 아니고 돈을 아주 많이 주는 고용주였으니까.

"아……! 어서오세요. 이진호 교수님. 몇 가지 여쭤볼 게 있어서 연락드렸습니다. 전화로 하는 것보다 직접 뵙고 이야기를 나누는 게 좋을 것 같아서요."

"그렇다면 제가 당연히 찾아와야지요."

SS급 헌터인 성준은 더 이상 누군가를 찾아갈 위치가 아니었다. 그가 S급 헌터가 되었을 때부터 누군가를 부를 수 있는 위치가 되었다.

"아버님 건강 문제 때문이신가요?"

진호는 심리학자는 아니었지만 성준의 얼굴에 가득한 근심의 원인을 어렵지 않게 읽어낼 수 있었다.

"잘 알고 계시네요. 요즘 어떤 것 같습니까?"

"혈구 수치는 일정합니다. 안정되어 있다는 말이죠."

"좋은 겁니까?"

진호는 간단하게 설명했지만 의학적인 지식이 전혀 없는 성준은 이해가 되지 않았다. 많은 사람들이 착각하지만 힐러는 의학계와 상관이 없었다.

"나쁜 건 아닙니다. 적어도 악화된 것은 아니니까요. 하지만 그렇다고 해서 좋은 것도 아닙니다. 어디까지나 악화되지 않았을 뿐입니다."

냉정하지만 사실이었다.

진호는 의사였다. 의사는 환자에게 좋은 말만 해주는 직업이 아니었다. 냉정하고 객관적인 태도를 요구하는 직업이었다. 적어도 진호는 그렇게 생각했다.

"강수혁 환자분의 상태는 아슬아슬한 줄타기를 하는 것과 다름없습니다. 호전될 수도 있지만 바꿔 말하면 당장 악화되어도 이상하지 않습니다."

진호는 차분한 표정으로 말했다.

그나마도 성준이 수혁에 대한 모든 의료 지원을 아끼지 않고 있었기 때문에 이 정도였다. 만약 평범하게 치료를 받는 환자였다면 이미 악화되고도 남았을 것이다.

"치료약의 개발을 서둘러야겠네요."

성준이 말했다.

서둘러 서국 신약개발연구소를 방문해야 할 것 같았다.

"현재는 치료약이 없는 상황이라서 악화되는 것만 간신히 막고 있는 상황입니다. 서국 신약개발연구소의 어깨가 무거울 겁니다."

"개발 연구는 어느 정도 진행된 것 같습니까?"

"제가 고문을 맡고 있기는 하지만 연구 진행 상황을 완전히 파악하기는 힘듭니다."

"그래도 어느 정도는 알 수 있지 않습니까?"

성준이 집요하게 묻자 진호는 짧은 한숨을 내뱉고는 입을 열었다.

"사실은 연구 진행률이 높은 편은 아닌 것 같습니다. 주성은 책임 연구원은 열심히 하고 있지만 좀처럼 진행이 되지 않고 있는 것 같습니다."

"그렇습니까……?"

"어디까지나 제 개인적인 의견입니다. 저도 연구소 사정은 잘 모르니까요."

진호는 손을 저으며 말했다.

그는 고문을 맡기는 했지만 서국 신약개발연구소의 사람이 아니었기 때문에 자세한 사정은 몰랐다.

성준은 그를 보며 미소와 함께 입을 열었다.

"충분히 도움이 되었습니다."

그 후로 약 10분 동안 사소한 대화가 오고 간 끝에 진호가 돌아가자 성준은 심각한 표정으로 정철을 호출했다.

"부르셨습니까?"

마침 정철은 얼마 전에 던전을 공략하고 휴식을 취하는 기간이었기 때문에 저택에 있었다. 성준이 부르기 무섭게 응접실로 달려온 것이었다. 그는 성준의 참모이자 정보원이었다.

"연구소가 제대로 돌아가지 않는 것 같아."

성준이 냉기가 묻어 나오는 차가운 목소리로 말했다. 얼마 전부터 그는 정철에게 말을 놓고 있었다.

"확인해 볼까요?"

"그게 좋을 것 같아."

"어려운 일은 아닙니다. 3일이면 충분합니다."

정철은 3일을 이야기했지만, 다음 날 성준을 찾아왔다.

"벌써 알아봤어?"

예정보다 빨랐기 때문에 성준이 물었다.

정철은 씨익 웃었다.

"물론입니다. 군사 기관에 침투하는 것도 아니고…… 보안경비가 약해서 어렵지 않았습니다."

정철의 말에 성준은 감탄했다.

그의 말대로 군사 기관에 침투하는 것은 아니었지만 숨겨놓은 장부 같은 자료들을 찾는 게 쉽지는 않았을 것이다. 하지만 정보기관 출신이었을 뿐만 아니라 사업을 하면서 뛰어난 정보원들을 여럿 알고 있는 그에게는 난이도가 높은 일이 아니었다.

"밀실로 가자."

성준이 말했다.

그는 중요한 이야기를 할 때에는 저택 내부의 '밀실'을 이용하고는 했다. 밀실에 들어서기 무섭게 정철은 품속에서 서류 몇 장을 꺼내놓으며 입을 열었다.

"간단하게 설명하겠습니다. 나한수 연구소장이 '횡령'을 하고 있었습니다."

"죽여 버리고 싶네."

성준은 솔직한 심정을 털어놓았다. 한수를 믿고 맡겼는데 이런 일이 벌어졌으니 화가 날 수밖에 없었다.

그에게 연구소장을 맡기기 전에 성준도 간단한 조사를 했지만, 이상한 점은 없었다. 아무래도 과도한 지원금이 손에 들어오니까 마음이 흔들린 것 같았다.

"횡령 금액이 어느 정도야?"

"절반 가까이를 횡령했습니다."

"진짜…… 죽여 버릴까……?"

지원금의 절반이라면 수백억 단위의 횡령이었다. 성준은 살의가 차오르는 동시에 한수가 간이 참 크다고 생각했다.

"길드장님께서 손을 더럽힐 필요도 없습니다. 제가 애들 시켜서 조용히 처리하겠습니다."

정철의 말에 성준은 고개를 끄덕였다. 성준은 대한민국에서 가장 유명한 헌터였고 미국에서도 이름이 퍼져 나가고 있었다.

횡령을 했다고는 하지만 '정당방위'가 아닌 살인은 그의 명성에 해를 끼칠 수도 있었다. 이런 일은 정철을 통해서 은밀하게 처리하는 게 좋았다.

"그럼 다음 연구소장으로는 누구를 앉히는 게 좋을까?"

"주성은 책임 연구원이 좋지 않겠습니까? 책임 연구원들 중에서 가장 성실하게 연구를 진행했던 것 같습니다. 그리고 무엇보다 횡령에 조금도 가담하지 않았습니다."

정철이 의견을 내놓았다. 성준은 고개를 끄덕였다.

"그래도 감시자를 붙여두는 게 좋을 것 같아."

한수도 성준이 의심하지 않았었다. 그 결과는 횡령으로 돌아왔다. 그래서 성준은 성은이 연구소장이 되더라도 감시가 필요하다고 생각했다.

"주성은 책임 연구원이 소장을 맡게 되면 믿을 만한 사람 3명을 감시자로 보내겠습니다. 3명이면 서로를 상호 감시할 수도 있으니까 횡령하는 게 쉽지는 않을 겁니다."

"괜찮은 방법인 것 같은데?"

"3명 이상의 상호 감시는 정보기관에서 주로 사용하는 방법입니다. 그만큼 확실하죠."

정철은 자신감 넘치는 목소리로 말했다. 성준도 고개를 끄덕였다. 그가 말한 방법은 믿을 만한 것 같았다.

"돈은 전부 회수할 수 있을까?"

성준이 물었다.

돈이 아까운 것은 아니었지만 손해는 원치 않았다. 정철은 가져온 자료를 한 차례 더 훑더니 입을 열었다.

"지금 한 번 더 확인했는데 횡령만 했지 돈은 거의 쓰지 않았습니다. 제가 전부 회수할 수 있습니다."

"다행이네."

"그래도 겁이 났던 모양인지 해외 도주를 준비하고 있었던 것 같습니다. 조금만 더 늦었다면 귀찮을 뻔했습니다."

정철이 말했다.

해외로 도망치면 여러 가지로 귀찮은 상황이 찾아오게 된다.

"결론은 났어. 조용히 처리해."

성준은 차가운 눈빛을 흘리며 말했다. 지원금을 횡령한 이에게 자비는 필요 없었다.

정철은 은신 능력이 있는 B급 헌터에게 한수의 납치를 지시했다. 한수가 사는 곳은 보안경비도 취약했고 사설 경호원을 고용한 것도 아니었기 때문에 굳이 A급 헌터를 움직일 필요가 없었다.

납치를 지시받은 헌터는 정보기관에서 사용하는 수면가스로 한수를 잠재운 뒤, 정철의 앞에 데려다 놓았다.

성인 남성의 무게는 B급 헌터에게 있어서 전혀 부담스러운 것이 아니었다.

정철은 수면 가스의 영향으로 여전히 잠든 채 의자에 묶여 있는 한수를 보며 싸늘한 시선을 던졌다.

"깨워."

정철의 지시에 동행한 헌터는 단검을 꺼내서 한수의 허벅지를 찔렀다.

"끄, 끄아아악!"

생전 처음 느껴보는 끔찍한 고통에 한수가 눈을 떴다.

"으으. 여, 여긴 대체……."

한수는 허벅지에서 피어나는 고통 탓에 주변 상황을 제대로 인지하지 못했다. 그런 그를 보며 정철은 한숨을 푹 내쉬더니 입을 열었다.

"네가 왜 여기 있는지 모르겠어?"

"모, 모릅니다. 제발 살려주세요."

"간단하게 설명한다? 너 횡령했잖아."

"제, 제가 언제……."

"왼손 잘라."

한수가 미친 듯이 고개를 저으며 부정하자 정철이 헌터에게 지시를 내렸다.

그는 망설임 없이 한수의 왼쪽 손목 아래를 잘라냈다. 오러 사용자가 아니었기 때문에 잘린 단면이 깨끗하지도 않았고 고통도 심해서 한수는 광인처럼 비명을 질렀다.

"소리 질러도 도와줄 사람은 없어. 다시 한번 묻는다. 너 횡령했지?"

"해, 했습니다! 제가 횡령했어요! 그러니까 제발 살려주세요!"

"지금이라도 잘못한 걸 아니까 다행이군. 그런데 미안해서 어쩌지?"

정철이 손을 들어 올리자 어느새 그의 손에는 창이 쥐어져 있었다.

"나는 너를 살려줘도 좋다는 지시를 받은 적이 없어."

"처리했습니다."

"수고했어."

이른 아침 정철이 찾아와 보고했다. 성준의 입가에 미소가 번졌다. 어떻게 처리했는지는 묻지 않았다. 그가 알아서 잘 처리했을 것이라고 생각했다.

"돈은?"

"모두 회수했습니다."

정철의 대답에 성준은 고개를 끄덕였다. 만족스러운 대답이었다. 정철은 일 처리가 빠르고 확실한 편이었고 언제나 성준을 실망시키지 않았다.

"회수하는 게 쉽지는 않았을 텐데……?"

성준이 말하자 정철은 미소를 머금은 채 입을 열었다.

"여러 경로를 활용했습니다. 어려운 일은 아니었습니다."

그가 말하는 '여러 경로'란 불법과 합법을 아우르는 말이었다. 성준도 그것을 알고 있었기 때문에 자세히 묻지는 않았다.

"그러고 보니 S급 던전 공략 일정이 오늘이라고 하셨습니까?"

"오후 5시인데 피곤하면 쉬어도 괜찮아."

성준이 말했다.

그는 조금 전까지 자신의 지시를 수행하기 위해 일을 끝마치고 돌아온 정철의 피로를 우려하고 있었다. S급 던전의 공략은 많은 피로가 누적된다.

일정은 잡혀 있었지만 1명 정도는 빠져도 상관없었다. 정철이 없어도 성준이 동행하는 공략 일정이었다. 자신이 함께하는데 고작 S급 던전 따위를 클리어하지 못할 리가 없다고 생각했다.

"괜찮습니다. 던전 공략 일정은 무리 없이 소화할 수 있습니다."

정철은 자신감 넘치는 목소리로 대답했다. 성준은 고개를 끄덕였다. 그는 정철을 믿고 있었다.

"그러면 준비해서 정원으로 나와. 오후 3시까지야."

"알겠습니다."

정철은 마른침을 삼켰다. S급 던전 공략이니 긴장할 수밖에 없었다.

SS급 회복계 헌터인 성준이 동행한다고 하지만 '즉사'하면 성준의 '힐'로도 치유할 수 없다. 높은 난이도의 던전에서는 언제나 위험이 함께한다. 그래서 긴장을 놓을 수 없었다.

정철이 방을 떠나고 성준은 가지고 있는 아이템들을 점검했다. 던전 공략을 앞두고 그가 따로 준비할 건 많지 않았지만, 아이템 점검 정도는 필수였다.

"가자."

-따르겠습니다.

점검을 끝내고 2시간 정도 휴식을 취하자 시간이 되었다. 성준은 리슈발트와 함께 정원으로 나왔다.

신철과 장훈, 그리고 한석과 제로스가 먼저 기다리고 있었다. 정철은 조금 늦는 것 같았지만 아직 오후 3시를 넘지는 않았기 때문에 조금 더 기다리기로 했다.

"늦어서 죄송합니다."

오후 3시를 10분 남기고 정철이 합류했다. 늦은 건 아니었기 때문에 별말 없이 출발하게 되었다. 그리고 4시 30분을 조금 넘긴 시간에 던전 입구에 도착했다.

주차를 끝낸 차량에서 성준이 길드원들과 함께 내리자 대기하고 있던 던전 관리국 직원이 달려왔다.

"강성준 씨? 본인 확인 절차를 부탁드리겠습니다."

앙증맞은 키의 여직원은 성준에게 본인 확인 절차를 부탁했다. 그녀는 성준의 얼굴을 알고 있었지만, 절차를 생략할 수는 없었다.

"확인했습니다. 진입하셔도 좋습니다."

여직원이 물러나자 신철과 장훈이 던전 입구를 열었다. 문이 열리고 지하로 내려가는 계단이 나타났다.

"내가 선두 지휘할게."

"제가 2열을 맡겠습니다."

성준이 앞장섰고 정철이 2열을 맡았다. 그는 창을 다루기 때문에 2열을 맡으면 전위를 지원하기에 유리했다. 긴장 속에서 계단이 끝나는 곳에 도달했다. 어둠이 내려앉은 넓은 공동에 푸른 빛을 발산하는 게이트가 홀로 자리를 지키고 있었다.

"형님! 게이트형 던전인 것 같습니다!"

장훈이 말했다. 게이트가 있는 경우는 다른 차원에 던전이 있다는 것을 의미했다.

성준은 고개를 끄덕이며 게이트에 올라섰다. 다른 길드원들도 게이트에 올라선 것을 확인한 성준이 마력을 운용했다.

게이트에 박혀 있는 푸른 마정석이 환한 빛을 내뿜었다.

"으으……."

누군가 신음을 내뱉었다.

어느 산속 깊은 곳에서 그들은 정신을 차렸다. 그들의 앞에는 거대한 동굴 입구가 있었고 많은 양의 마력이 흘러나오고 있었다. 이계로 이동하는 게이트형 던전은 평원에 소환되기도 하는데 이런 경우에는 마력의 파장을 따라가면 쉽게 보스를 찾을 수 있었다.

-동굴 안에서 강력한 마력 파장이 느껴집니다. 보스로 향하는 길이 확실합니다.

리슈발트가 보고했다. 성준은 대답 대신 고개를 작게 끄덕였다.

"들어가자."

성준이 먼저 움직였다. 정철은 가져온 드론 몇 대를 하늘로 띄웠다. 드론에 장착된 조명이 어둠을 밝혔다.

"마력 반응!"

한석은 랭킹 1위의 S급 마법계 헌터답게 동굴에 진입하기 무섭게 마물의 마력을 감지했다. 그는 스태프를 몇 차례 휘둘러 하공에 마법진을 그렸다.

"파이어 캐논!"

마법진에서 소환된 거대한 불덩이가 동굴 깊숙한 곳으로 날아가 폭발했다. 다수의 마력 반응이 사라졌지만, 고통에 찬 비명은 터져 나오지 않았다.

"언데드인가……."

신철의 목소리였다. 성준도 고개를 끄덕였다.

그의 말대로 언데드 던전일 가능성도 컸다. 불길에 휩싸여도 비명을 지르지 않는 마물들이라면 언데드밖에 떠오르지 않았다.

"플레임 스프레이."

계속해서 한석의 고위 마법이 작렬했다. 강력한 화염이 스프레이처럼 쏟아졌다.

어둠 속에서 거리를 좁혀오던 마물들의 수가 많이 줄었으나 전부 제거하지는 못했다. 드론의 조명이 전방으로 향하자 이윽고 마물들의 모습이 드러났다.

밝은 조명에 모습을 드러낸 하얀 뼈다귀들!

"스켈레톤입니다!"

"그냥 스켈레톤이 아닌 것 같습니다. 나이트입니다!"

정철의 보고를 신철이 정정했다. C급 마물인 스켈레톤과 달리 스켈레톤 나이트는 B급에 해당하는 마물이었다. 그들은 스켈레톤과는 비교도 되지 않는 날렵한 움직임으로 거리를 좁혀 왔다. 고작해야 무기만 들고 다니는 스켈레톤보다 무장 상태도 좋았다.

딱딱딱! 딱딱!

그들이 턱을 부딪치며 내는 뼛 소리와 외견은 공포스러울 정도였지만 성준의 입가에 번지기 시작한 미소는 선명했다.

"언데드라는 말이지……?"

그는 달려오는 스켈레톤 나이트들을 향해 손을 뻗었다. 그들의 수는 20마리 이상이었다. S급 던전이라서 그런지 파이어 캐논과 플레임 스프레이에 당하고도 살아남은 수가 결코 적지 않았다. 하지만 걱정 없었다.

성준은 '힐'을 사용할 수 있는 회복계 헌터였으니까.

"힐링 스프레이."

단호한 목소리와 함께 쭉 뻗은 왼손에서 시작된 백색의 빛 무리가 스켈레톤 나이트 무리를 향해 쏟아졌다. 성스러운 빛에 노출된 언데드들은 순식간에 '정화'되었다. 언데드에게 있어서 회복계 헌터의 힐은 곧 공격 마법이었다. 그리고 성준은 SS급 회복계 헌터였다. 언데드에 대한 공격력은 절대적이었다.

"전진."

성준은 차분한 목소리로 지시를 내렸다. 이동 중에 진형이 변경되었다. 다들 그대로였지만 장훈이 성준에게 합류해서 함께 선두를 지켰다.

"강성준 경. 차원 열쇠에 마력은 제대로 모이고 있습니까?"

휴식을 취하고 있을 때 제로스가 성준을 찾아와서 물었다. 성준은 주머니에 넣어 두었던 차원 열쇠를 꺼냈다. 검은 열쇠에 붙어 있는 보라색 마정석을 확인했다. 희미했던 빛이 조금 더 선명해졌다.

"제대로 흡수하고 있는 것 같은데……? 확인해 볼래?"

성준에게서 차원 열쇠를 건네받은 제로스는 그것을 자세히 살폈다.

그는 성준에게 그것을 다시 돌려주며 입을 열었다.

"제대로 흡수하고 있어서 안심입니다. 이 정도 흡수율이라면 이 던전을 끝냈을 때면 차원 관문을 열 수 있을 정도의 마력이 충분히 쌓일 겁니다."

제로스가 돌아갔다.

성준은 '흡수' 덕분에 휴식이 거의 필요 없었지만 다른 길드원들은 달랐다. 성준은 육포를 꺼내 씹었다. 시간은 빠르게 흘러 휴식 시간이 끝날 때가 되었다.

"선두를 맡겠습니다!"

장훈이 먼저 힘찬 목소리와 함께 일어섰다. 다른 길드원들도 일어서서 진형을 갖추었다. 던전 공략이 많이 진행되었음에도 성준이 '힐'로 마물들의 대부분을 처리했기 때문에 다들 피곤한 기색은 적었다.

"형님! 지금부터는 저희끼리 해보겠습니다!"

장훈이 제안했다. 성준이 거의 혼자서 처리하고 있다 보니까 심심했던 모양이었다.

"대신 위험할 것 같으면 내가 도와줄 거야."

성준은 흔쾌히 허락하는 대신 조건을 달았다. 실전 경험이 쌓이는 것은 실력 향상에 도움이 되기 때문에 거절할 이유가 없었다. 그리고 위험할 것 같으면 개입할 생각이었다.

"감사합니다! 형님!"

장훈이 신이 나서 외쳤다.

신철도 고개를 끄덕였지만, 정철과 제로스는 피곤하다는 표정을 지었다. 성준은 한석의 곁으로 다가가 차분한 표정으로 입을 열었다.

"S급은 너밖에 없으니까 잘해."

"알겠습니다."

"내가 적당히 도와줄 거니까 너무 긴장하지 마."

성준은 한석의 어깨를 가볍게 두드리는 것으로 격려했다.

파티가 전진하기 시작했다. 언데드는 상대하기 까다로운 마물이었다. 파티는 고전했지만, 성준의 도움 없이도 천천히 공략을 이어가서 보스방을 얼마 남기지 않은 시점이었다.

"엘리트 데스나이트다……."

신철이 긴장한 목소리로 중얼거렸다.

평범한 데스나이트와 달리 S급 하위 티어로 판정되는 엘리트 데스나이트의 등장이었다. 대검을 든 엘리트 데스나이트의 주변에서 데스나이트 여섯이 수십의 좀비들과 함께 새롭게 모습을 드러냈다.

"잔챙이들부터 처리한다."

한석이 싸늘한 시선을 흩뿌리며 말했다. 언데드에게 효과적인 화염계 광역 마법을 펼치자 좀비들이 불타 사라졌다.

-영지를 침범한!

-무리들을!

-제거하라!

데스나이트들이 나섰다. 그들은 고속 이동술을 사용하여 순식간에 거리를 좁혔다. 검에 깃든 녹색의 오러가 어둠 속에서 춤을 췄다.

"하앗!"

장훈이 가장 가까운 데스나이트를 향해 대검을 휘둘렀다. 데스나이트는 오러가 깃든 방패로 방어했지만, 대검에 실린 힘을 버티지 못하고 멀리 날아가 버렸다. 이어서 정철이 내찌른 창이 데스나이트의 머리를 관통했다.

데스나이트와 좀비가 전멸했지만, 엘리트 데스나이트가 남았다. 일순간 그의 몸이 사라지는가 싶더니 장훈의 좌측에 나타났다.

"큭!"

순식간에 벌어진 일이었다. 엘리트 데스나이트가 휘두른 검이 장훈의 허벅지를 깊게 베었다.

하지만 성준은 위급한 상황이 아니라고 판단하여 개입하지 않았다.

"바인드!"

제로스가 엘리트 데스나이트를 속박하자 한석과 신철이 공격 마법을 퍼부었다. 덕분에 장훈은 몸을 뺄 수 있었다.

흙먼지가 가라앉자 엘리트 데스나이트의 모습이 드러났지만 크게 피해를 입은 듯한 모습은 아니었다.

"오러…… 아머……"

신철이 홀린 듯 중얼거렸다.

엘리트 데스나이트의 전신을 뒤덮고 있는 녹색 기운의 정체는 오러 아머였다. 하지만 랭킹 1위 S급 마법계 헌터인 한석과

A급 마법계 헌터인 신철의 공격 마법을 방어하느라 상당량을 소비한 것인지 남은 마력의 양이 많지 않아 보였다.

-주군. 개입해야 하지 않겠습니까?

리슈발트의 말에 성준은 대답 대신 고개를 저었다.

한석의 공격 마법은 강력하다. 그것을 오러 아머로 방어하느라 엘리트 데스나이트는 많은 마력을 소모한 것으로 보였다. 장훈이 부상을 입었다고는 하지만 정철이 멀쩡하고 마법계 헌터도 3명이나 있었다. 언데드를 상대할 때 가장 중요한 것은 화력이라고도 할 수 있었으니…… 마력을 소모한 엘리트 데스나이트를 상대로 결코 불리한 상황은 아니었다.

"힐."

성준은 무력으로 개입하는 대신에 '힐'을 사용하여 장훈의 상처를 치유하여 지원하는 것으로 선택했다.

"하앗!"

부상을 회복한 장훈이 힘찬 기합과 함께 대검을 휘두르자 치명상을 입은 엘리트 데스나이트가 황급히 뒤로 물러났다. 그것은 고통을 느낀 것은 아니었다. 손상으로부터 신체를 보호하기 위한 효율적인 움직임이었다.

-이럴 수가! 이 내가 이렇게 당하다니!

엘리트 데스나이트는 경악했다. 그런 그의 심장을 정철의 창이 노렸다.

-바보 같은! 당하지 않는다!

"라이트닝 볼트."

정철의 창을 피했지만, 그것은 시선을 가리기 위한 연막에 불과했다. 진짜는 한석의 공격 마법이었다.

-아, 아차!

찰나의 순간 라이트닝 볼트가 엘리트 데스나이트의 목을 관통했다. S급 랭킹 1위 헌터의 공격 마법은 강력했다. 생기를 잃은 몸에 강력한 전류가 흐르면서 마비가 일어났다. 그 틈에 장훈이 휘두른 대검이 엘리트 데스나이트의 머리를 날려 버렸다.

머리를 잃은 몸이 힘없이 쓰러졌다. 엘리트 데스나이트라고 해도 머리가 사라지면 움직일 수 없었다.

"잠깐 쉴까?"

"그게 좋을 것 같습니다."

성준이 제안했다. 신철이 힘없는 목소리로 대답하자 다들 고개를 끄덕이며 동조했다.

그 모습에 성준은 피식 웃으며 쉴 수 있는 곳을 찾기 위해 움직였다. 근처에 괜찮은 곳이 있었고 그들은 바위 같은 곳에 걸터앉아서 휴식을 취했다.

"1시간만 쉴 거야."

성준이 말했다.

1시간은 짧지 않은 시간이었지만 다들 지쳐 있었기 때문에 반대 의견은 없었다. 하지만 시간은 금방 흘러갔고 휴식이 끝났다. 그리고 조금 더 이동하자 보스방에 도달했다.

-어서 오게. 이방인들이여.

문을 열고 보스방으로 들어선 파티를 진부한 대사와 함께 맞이한 존재는 '리치'였다.

S급 마물 중에서도 중간 티어에 속하는 리치는 S급 던전의 보스로 적당했다. 리치는 파티의 침입을 인식하기 무섭게 손을 들어 올리며 공격 마법을 캐스팅했다. 강력한 흑마법이 파티를 덮쳤지만 한석이 방어 마법을 전개하여 막아냈고 뒤이어 신철과 제로스가 반격했다.

"파이어 스피어!"

"바인드!"

화염계 공격 마법과 속박 마법이 환상적인 조화를 이뤄냈지만, 리치는 침착하게 방어 마법을 전개했다.

-오픈.

그리고 아공간을 열어서 데스나이트 10기를 소환했다.

"리치가 있으니까 데스나이트가 손상되면 복원 마법을 사용할 거다. 조심하는 게 좋아."

성준은 조언을 아끼지 않았지만, 길드원들이 원하는 대로 개입하지는 않았다. 하지만 리치를 상대하는 것은 쉽지 않다. 데스나이트들은 금세 정리했지만, 리치의 마법 센스는 우수했다. 그나마 랭킹 1위 S급 마법계 헌터인 한석이 있어서 버티고 있었다.

"힐."

결국 성준이 개입했다. 시간을 너무 낭비하는 것은 참을 수 없었다. 앞으로 손을 뻗으며 시동어를 외치자 환한 백색의 빛이 리치를 덮쳤다.

-사, 사제가 있었나?

목소리에서 당황한 감정이 여과 없이 흘러나왔다. 전투에 집중하느라 성준의 존재를 간과하고 있었던 것이었다. 고통은 없었다. 하지만 뼈다귀밖에 남지 않은 몸에 무지막지한 손상을 입었다.

SSS급 하위 티어인 '아크 리치'와 달리 라이프베슬을 숨겨두지 않았기 때문에 손상의 복원 속도가 느렸다.

-이, 인간 놈이……!

손상 때문에 마법으로 생성된 목소리가 가늘게 떨렸다. 위협적으로 느껴질 수도 있겠지만 성준은 미소를 지으며 마력을 운용했다.

"힐."

리치의 몸이 무너지기 시작했다. 성준은 SS급 회복계 헌터인 데다가 사제복의 힐량 증폭 옵션까지 더해지니 S급 마물인 리치가 2번 만에 치명적인 손상을 입게 될 정도였다.

"힐."

-그, 그만⋯⋯!

그것은 리치가 남긴 마지막 말이었다. 성준이 마력을 더욱 끌어 올리자 리치는 더 이상 버티지 못하고 허무하게 무너졌다. 그가 있던 자리에는 뼛가루만 남았는데 그마저도 약한 바람이 불자 흩어지고 말았다.

"흡수."

조금이나마 남아 있던 뼛가루가 사라지자 마정석이 생겨났다. 아이템은 드랍되지 않았다.

-공략 확인, 계측 완료. S급 던전을 클리어하셨습니다.

계측기가 반응했다. 리치의 존재가 완전히 사라진 것이 확인하기 무섭게 던전의 벽에서 게이트가 튀어나왔다. 파티는 게이트를 이용해 던전을 빠져나와 저택으로 돌아왔다.

-동조율의 변화는 없습니다.

성준은 서재에 앉아서 피로 회복에 효과가 있다고 하는 차를 마시며 시간을 보내고 있었다.

리슈발트가 성준의 동조율을 확인한 뒤, 보고했다. 예상은 했지만, 막상 변화가 없다는 것을 들으니 아쉬웠다.

"갈수록 동조율 올리는 게 힘들어지네……."

성준이 혼잣말에 가까운 작은 목소리로 말했다. 리슈발트와 대화를 하려는 것이었지만 이윽고 인기척이 느껴지는 바람에 입을 닫을 수밖에 없었다.

리슈발트와 대화를 하는 것은 다른 이들이 보기에 혼잣말을 하는 것으로 보일 것이기 때문에 어쩔 수 없었다.

"제로스입니다."

"들어와."

들어와도 좋다고 말하자 문이 열리고 제로스가 조심스럽게 걸어 들어왔다. 그는 성준의 앞에 앉더니 차분한 표정으로 입을 열었다.

"차원 열쇠는 확인해 보셨습니까?"

성준은 고개를 저었다. 마력 충전량을 확인하는 것을 잊고 있었다. 그는 주머니에 넣어두었던 차원 열쇠를 꺼내서 마정석을 확인했다.

마정석은 내부가 가득 찬 듯 환한 빛을 내뿜고 있었다. 그것을 확인한 제로스는 미소를 머금은 채 고개를 끄덕였다.

"충전이 끝났습니다. A급 이상의 던전을 클리어하고 차원의 균열이 닫히기 전에 사용하면 차원 관문을 열 수 있습니다. 물론 몇 명 정도는 동행하는 게 가능합니다."

"일단은 내가 먼저 가볼 생각이야."

"일종의 테스트…… 입니까?"

"그런 셈이지."

성준은 말을 마치기 무섭게 던전 관리국으로 가서 A급 던전 솔플 일정을 신청했다.

연초라서 그런지 신청자가 많이 없었다. 덕분에 굳이 기다릴 필요 없이 일정이 바로 잡히게 되었다. 그는 일정이 잡힌 A급 던전으로 이동하여 클리어를 끝냈다.

-이제 차원 관문을 열 생각이십니까?

리슈발트가 물었다.

성준은 고개를 끄덕이며 차원 열쇠를 작동시켰다. 사용법은 제로스에게 설명을 들어서 알고 있었다. 차원 열쇠가 균열을 자극하면서 몇 명 정도가 차원을 넘을 수 있는 관문이 생성되었다. 성준은 차오르는 흥분을 이기지 못하고 몸을 살짝 떨었다.

-주군?

"리슈발트…… 이제 반격의 시간이다……."

성준이 말했다.

지금까지 차원 관문을 넘어오는 적들을 상대하기만 했었다. 하지만 이제 성준도 제로스 덕분에 차원 관문을 열 수 있는 기술을 손에 넣었으니 반격의 때가 도래했다.

그는 들뜬 기분을 감추지 못한 채 차원 관문으로 몸을 던졌다. 백색의 빛이 그를 덮쳤고 시야가 회복되었을 때에는 어떤 마을의 한복판이었다.

-주군! 오우거 마을입니다!

성준보다 먼저 주변을 살피고 상황을 파악한 리슈발트가 경고했다. 성준은 리슈발트 덕분에 주변의 오우거들보다 상황을 인식하고 검을 뽑아 들 수 있었다.

그는 빠르게 주변을 훑었고 갑작스러운 성준의 출현에 아직도 상황 판단을 끝내지 못한 오우거 제사장의 모습을 찾아낼 수 있었다.

'먼저 노린다!'

거리가 제법 멀었지만 성준은 오우거 제사장을 공격할 수단을 가지고 있었다.

다른 S급 마물의 모습은 보이지 않았다. 성준은 S급 마물 중간 티어에 속하는 오우거 제사장을 노려보며 두 눈에 마력을 끌어 올렸다.

"석화!"

"커헉?"

저주를 머금은 붉은 광선이 오우거 제사장의 가슴에 명중되었다. 거대한 몸의 오우거가 석상으로 변하는 것은 순식간이었다.

"제, 제사장님이 당했다!"

"고, 공격!"

뒤늦게 오우거들이 어눌한 말투로 적의 출현을 알렸다. 동시에 성준을 향해 거대한 몽둥이를 휘두르며 달려들었다.

"폭풍검."

검풍이 폭풍처럼 휘몰아쳤다. 오우거를 난자한 칼바람은 붉은 피를 흩뿌렸다.

"그워어어!"

"우어어!"

수십의 오우거가 힘없이 쓰러져서 피를 흘렸다. 주변을 대충 정리한 성준은 어떤 건물의 지붕에 꽂혀 있는 깃발을 확인했다.

-종족 연합의 소속이 확실하군요.

리슈발트가 말했다.

그도 깃발에 그려진 종족 연합의 문장을 알아 보았다. 성준은 미소를 지으며 입을 열었다.

"차원 관문이 제대로 된 곳에 열린 것 같아."

만족스러운 차원 이동이었다. 주변을 확인해 보니 차원 단절 결계도 정상적으로 작동하고 있는 것 같았다.

"오우거 마을이라…… 7늘 '학살'이라는 게 뭔지 마물 놈들에게 확실하게 보여주겠다."

성준은 입꼬리를 끌어 올렸다. 얼굴에 튄 피를 닦아내기 무섭게 사방에서 인기척이 몰려오기 시작했다. 그 수가 수십이었고 수준 높은 적들도 적지 않게 포함되어 있는 것 같았다.

"역시 대응이 빨라."

-아시겠지만 종족 연합에 소속된 마물들은 지능이 높은 편입니다.

"그건 그렇지."

리슈발트와 짧은 대화를 나누는 사이, 수십의 오우거들이 성준을 포위했다. 방금 전의 오우거들과 달리 중무장한 상태였고 그중에서도 거대한 도끼를 든 오우거는 '대전사'급으로 보였다.

오우거 대전사는 오크 검성과 비슷한 전투력을 가진 마물로 성준이 두려워할 정도는 아니었다. 중무장 오우거들도 위협적인 외견과는 달리 B급 마물에 불과했다.

"제국군 전투사제복? 제국의 인간이 어째서 종족 연합을 적대하는 것이냐!"

오우거 대전사가 물었다.

종족 연합에 소속될 정도의 지능을 보유한 마물답게 제국군에서 사용되는 전투사제복을 알아본 것이었다. 그리고 현재 제국과 종족 연합은 동맹을 맺은 상황이었다. 바로 공격을 하는 것보다 무슨 일이 벌어지고 있는지 파악하려는 기색이 역력했다.

제국과 종족 연합의 관계가 얼마나 긴밀한지 알 수 있는 부분이었다. 그리고 그 사실은 성준이 화가 나게 만들었다.

"종족 연합? 마물들한테도 그런 게 있었나?"

"네놈! 우리는 마물이 아니다!"

오우거 대전사가 발끈했다. 종족 연합에 속한 이들은 '마물'이라고 불리는 것을 싫어했다. 성준은 그 사실을 아주 잘 알고 있었고 가벼운 도발 삼아 내뱉었다.

"인간도 아니지."

성준의 눈동자가 싸늘하게 빛났다. 그는 차분한 표정으로 자세를 고쳤다.

"그리고 나는 인간이 아닌 것들한테는 자비가 없다."

To Be Continued